新　潮　文　庫

月の上の観覧車

荻　原　浩　著

新　潮　社　版

9841

目次

月の上の観覧車

トンネル鏡

私の故郷は日本海に面した小さな町で、たくさんのトンネルを抜けた先にある。東京から北へ新幹線で一時間ほど走ると、そこから先は線路が山々に潜り、車内には断続的に闇が訪れる。短い夜と昼を繰り返すように。

東京を発《た》ったのは昼前だったが、最初のトンネルに入ったいまは、つかのまの夜だ。昼間は飲まないようにしている酒も、今日ぐらいはいいだろう。私はひとりきりのシートで缶ビールのプルトップを開けた。二くち飲み、肴《さかな》のちくわをパックからつまみ出したところで、かりそめの夜が明けた。

風が窓を叩く音とともに列車が新しい風景の中に放り出される。

窓の両側に見えていた街並みが消え、かわりに山間の田園が姿を現した。

長いトンネルをひとつ抜けると天候も変わる。

初夏の青空が湿った色に変わっていた。

これまでどのくらいのトンネルを抜けてきただろう。

無数と言えるほどに思えるが、あんがい拍子抜けするほど少ないのかもしれない。

故郷を出て三十年が経《た》ち、東京との間を何往復したかも覚えていない私には、どちらにしてもかぞえることができない数だ。

いま私はその何度目かもわからない故郷へ向かう路《みち》の途中だった。


抜けた時と同様、唐突に二度目の闇が訪れる。窓が黒い鏡になった。流れる風景を眺めていた私は嫌でも、そこに映る自分の顔と向き合うことになる。いくつになっても自惚《うぬぼ》れ鏡はなくならないようで、朝、髪を整え、髭をあたっている時には、目に力を宿して眺める自分をまだまだ若いと信じこんでいるのだが、突然の暗転にふいをつかれて浮かび上がった顔は、今年で五十の齢《とし》相応のくたびれた中年男そのものだ。精気のない瞳とその下のたるんだ目ぶくろから私は視線をそむける。誰だ、こいつ？

齢とともに鏡の中の自分が他人に思えてくるのはなぜだろう。情けないほど昔のままの中身を置いてきぼりにして、外見ばかりが年々変貌していく。男の顔は履歴書だというが、どんな履歴を書き足そうが、長く使うほど用紙が色褪《いろあ》せ、皺《しわ》くちゃになることに変わりはない。若い頃の薄っぺらな白紙が懐かしかった。

上京したのは大学に通いはじめた十八の時だ。まだ上越に新幹線が通じていない頃で、東京は遠い場所だった。受験日に合わせて出発したのが一月の終わり。トンネル続きの暗い車窓と向き合っていた私はおおげさではなく、夜間飛行で外国へ旅する気分だった。ボストンバッグを網棚へ載せず膝の上に抱え、そこにあることがわかっている受験票や学生向けの安ホテルの宿泊チケットを何度もバッグのサイドポケットから取り出した。

受験票やチケットが消えていないことを確かめ終えると、今度はトンネルの鏡で自分をチェックした。暖房が利いた車内でも着続けている一張羅《いっちょうら》のダウンジャケットと、アメリカの大学のロゴが入ったトレーナーが田舎《いなか》臭くないかどうか。校則違反の長い髪が思惑どおり軟派な不良に見えているかどうか。窓に映る私の顔は、痩《や》せているのに頬は丸く、髪は肩口まであった。

問題ない、窓の中の自分にそう言い聞かせて、単語帳を開く。トンネルをひとつ抜けるごとに五つの英単語を覚えるのがノルマだ。最初の試験は第二志望校。なんとしても受かりたかった。大学受験のチャンスは今回かぎり。失敗したら地元で就職する約束だ。大学生活に格別の憧れを抱いていたわけじゃない。学歴が欲しかったわけでもない。自分の住む町から逃げ出したかったのだ。

明るくなった窓に水滴が張りつく。

雨が降ってきた。

いや、こちらが雨の降る土地に飛びこんだのだ。

私は350ミリリットル缶の中身を、もうひと口ぶん減らした。

窓際に缶を置いた時にはもう闇が戻っていた。

私が生れた町にあるものといえば昔もいまも、小さな漁港と寂《さび》れた観光街だけだ。目の前の砂浜は海水浴場。すぐ裏手には山が迫り、その隙間《すきま》に土産物屋や民宿が並んでいる。訪れる人間には美しい風景だったのだろうが、私には疎《うと》ましいだけだった。日がな一日死んだ魚の臭いの淀《よど》む空気が。観光客の気を引くための垢《あか》抜《ぬ》けない看板やポスターで厚化粧した町が。

髪を伸ばし、十六で煙草を覚え、太宰《だざい》を笑ってガルシア＝マルケスを読み、三年の文化祭でマイクスタンドを振りまわして、ディープ・パープルのスモーク・オン・ザ・ウォーターを絶叫していた私は、高校では自他ともに認める目立った存在だった。

自分が何かになれると信じていた。その「何か」にどんな名詞を当てはめたらいいのかわからないまま。

あの頃の私には、シーズン中でさえ人けの多くない、島影ひとつ見えず、ただ広いばかりの海が、どこへも繋《つな》がっていない塞《と》じた扉に見えていた。背後に聳《そび》える山々は自分のあらゆる可能性を閉じこめようとしている壁だった。駅舎に何年も貼りっぱなしになっている、方言をキャッチフレーズにし、時代遅れのイラストを入れた観光ポスターの脇を通るたびに、体の内側を汚されている気分になった。

だから、滑りどめの大学のひとつになんとかひっかかり、下宿先を決め、東京へ向けて旅立った時のトンネルは、ひとつひとつが光輝く脱出口だった。窓に映る私の髪にはパーマがかかり、ダウンジャケットの下は、西海岸の大学のトレーナーではなくスウェットのヨットパーカーになっていた。故郷はまだ冬だったが、最後のトンネルを抜けた先には雪はなかった。雪のない三月もあることを初めて知った。

東京からかぞえて三番目のトンネルは短く、闇に目が慣れる間《ま》もなく光の中へ引きずり出される。照明が点《つ》くより突然に。もし人間が産まれる瞬間を記憶することができたとしたら、その体感はこんなふうかもしれない。

列車は山間の駅へ滑りこんでいく。

私の両親は故郷の同じ町の出身だ。結婚を決めたのは親同士で、一度の顔合わせだけで式を挙げたそうだ。母は言う。

「それが当たり前だったんだ。あの頃の結婚なんて博打《ばくち》みたいなもんさ。私の場合、出目が悪かったんだね」

父親は漁協の職員で、酒も煙草もやらない人だったが、その穴埋めのようにギャンブルに目がなく、母が産気づき病院に運ばれた日も、はるばる春の天皇賞が開催されていた京都競馬場まで出かけていたという。

だから私の誕生日は四月二十九日だ。そのことに関する繰り言を母から何度聞かされたことか。

「いちばん腹が立つのはね、生まれてきた子どもに、一等の馬の名前をつけようとしたことさ。外したくせに。あんたの名前は危うくトサオーになるところだったんだよ」

トサオー。悪い名前ではないと思う。長男だからという理由だけでつけられた、一朗という名よりは。二朗や三朗まで想定したと思われる両親の子づくりは、弟になるはずだった赤ん坊を流産したきり途絶えてしまった。

母が言う悪い出目とは、父親のギャンブル癖というより、私が三歳の時に亡くなったことを指している。父親はパチンコ屋からの帰り道、凍結路をなめてチェーンを巻かずに走っていた観光客の車に轢《ひ》かれて死んだ。

終点が近い駅は降客ばかりで乗客はない。平日の空席のめだつ車内に人がさらに少なくなった。

発車のチャイムが空虚を震わせる。

山肌がまた近くなった。

大清水トンネルに入った。新幹線の速度でも抜けるのに十分はかかる。誘導灯が黄白色の尾を引いて窓の外を流れ星のように飛び去っていく。

父親に関するすべてのことは人づてに、そのほとんどを母から聞かされるばかりで、私が知っているのは、本人は黙して語らない写真の中の顔だけだ。母には自分の人生の綻《ほころ》びを、父親の死で縫い合わせる癖《へき》があったから、話に聞くほど悪い人ではなかったただろうと思う。ギャンブルで浪費をしていたというが、家に金を入れていなかったわけでも、借金をこしらえていたわけでもなかった。仕事自体が賭博《とばく》に近い漁師と違って、不漁だろうが時化《しけ》が続こうが、漁協の職員には決まった給料が出る。父親が埋めたかったのは、酒の飲めないうさではなく、自分ばかりが先々の人生を計算できてしまう後ろめたさだったのかもしれない。

安定した収入を失った母は、小さな土産物《みやげもの》屋で働きはじめた。東京や大阪からやってくる客たちに必要以上の方言を使い、朴訥《ぼくとつ》な愛想と引き替えに割高な品々を売る仕事だ。私は父親の保険金で買ったテレビで、少しずつ標準語を覚えていった。

昭和ひと桁生まれにしては背が高く、色白で、店にやってくる客にときおり当時の人気女優に似ていると評されることが母は自慢のようだった。だが、家でやっていることといえば、しっかり者の主婦役が多かったその女優とは大違い。職場で酒や煙草を覚え、死んだ夫に当てつけるようにハイライトを吸い、毎晩、休日は昼でも、冷や酒を飲んでいた。料理は下手ではなかったが、忙しさを理由に手を抜くことが多かった。いま考えれば、中学時代の私はいつも酒の肴で夕飯を食っていた。食卓に並ぶのは、ホタルイカの塩辛、鱈の親子漬、のっぺと呼ぶ煮物、山菜味噌、そんなものばかり。弁当の中身が白飯にイカの塩辛だけ、などという日も珍しくなかった。よく育ったものだ。母に似ず私があまり背が高くならなかったことを、母は「父ちゃんがちんちくりんだったから」と言い捨てるが、育ち盛りのあの弁当が原因だったのではないか、といまでも私は半分疑っている。

歌がうまい人で、地域ののど自慢大会では入賞の常連だった。人に問われれば「ああ、これね」と面倒なふりをして取り出せる茶の間のサイドボードの中に、いくつものトロフィーを飾っていた。歌うのはもちろん、この世代のご多分に漏れず、演歌。女の情念を歌いあげる、頭にドをつけたい演歌ばかりだ。「佐和子さんの歌は、佐和子さんの人生そのもの」誰彼となくそんな言葉に、母は悦に入っていた。高校時代の私は仲間とバンドの真似事《まねごと》をしていたから、母のトロフィーは家の中の汚点でしかなかった。周囲に民家がなかった私の家へ友人たちがギターを弾きにやって来た時には、茶の間には通さないようにした。仕事明けの母親が背中を丸めて冷や酒を飲んでいる時には、なおのこと。

女手ひとつで一人息子を育て上げている母に、周囲の目は温かく、たいていの人が優しかった。自分より不幸な人間には誰もが寛容だ。私の家は貰《もら》い物が多かった。近所の人々が「一人じゃたいへんだ」「ご飯をつくる暇もないだろう」「ちゃんと寝てるのかい」そんなねぎらいの言葉とともに、余り物を置いていくのだ。魚や野菜やのっぺや山菜味噌やイカの塩辛を。そのくせ私には容赦のない言葉がかけられた。「やっぱり父親がいないからだねぇ」「佐和子さんに苦労かけんなよ」たぶん私は母が飾っていた最大のトロフィーだったのだと思う。

ろくに授業も聞かないで、時にはサボって校庭の地続きの防砂林で煙草を吸っていたにもかかわらず、私は高校ではそこそこの成績を取っていた。ハードロックを原語で歌いたくて、ライナーノートのない中古LPを辞書を引きながらヒヤリングしていたからか。友人にブックカバーの中の表紙を見せたいばかりに読んでいたガルシア＝マルケスやフィッツジェラルドのおかげか。母が土産物屋を辞め、より実入りのいい温泉旅館の仲居に職を変えた理由を「ヨシエさんに誘われてね、案外に楽で儲かるって。心づけが馬鹿にならないそうだよ」という言葉どおりにしか受け取っていなかったのだが、後から考えれば、転職を宣言したのは、私が「大学へ行きたい」と漏らした数カ月後だった。

感謝しなくちゃならないことはわかっている。方言と標準語を自在に駆使して売る干物やまんじゅうや、楽なはずはない布団やお膳《ぜん》運びの繰り返しのおかげで私は大学まで行かせてもらったのだ。しかし、母の言葉をそのまま借りれば、私も生れた家の出目が悪かっただけ。進学校だった高校の同級生の八割は、あたりまえに大学受験をしていた。「浪人はだめだよ」「学費の安いところじゃないと無理だから」恩きせがましい顔から申し渡されるそんな制約などなしで。

故郷からの脱出は、母からの脱出でもあったと思う。

とはいえ東京へ出た年の夏は、夏休み前の授業が終わった翌日に夜行列車で逃げ帰った。トンネルに入ろうが出ようがどちらにしろ真っ暗な窓の前で、私は自分の顔に話しかけていた。「あとどのくらいかな」「少し寝なくちゃ」四畳半一間、風呂なし、トイレ共同の生活は、夢見ていたものとはずいぶん違っていた。友人ができなかったわけじゃないが、部屋には当然、電話がない。テレビもなかった。独りの夜を幾晩も過ごすうちに、ひとり言ばかりが多くなっていた。インスタントラーメンが主食だったから、弁当箱から臭いが漂うだけでげんなりしていたはずの母親の手づくりの塩辛の味すら懐かしかった。

地元に就職したり、家業を継いだりしていた幼なじみたちに東京がいかに魅力的かを吹聴しながら、この夏の私は休みが終わるぎりぎりまで故郷にいた。

東京に慣れてきた冬は、授業が終わってもアルバイトがあったから、帰ったのは大《おお》晦日《みそか》の前日。同郷の元バンド仲間と誘い合って列車に乗った。お互いの言葉は標準語になっていた。窓に映る私は、Tシャツと鋲《びょう》付きの革ジャンという、故郷の町に降り立ったとたん震え上がるに決まっている服装だ。会話は、いつまでもハードロックじゃない。これからはパンクだ、うんぬん。だが、不思議なもので、トンネルを抜けるたびに、お互いの言葉は少しずつ方言に戻っていく。「ニューヨーク・パンクはどうら」「やっぱ、これからは、ロンドン・パンクらろう。なあ、一緒にやろうれ」一緒にやろうも何も、弾く場所のないギターは二人とも実家に置きっぱなしだった。

故郷は雪だった。パンク的ルールに則《のっと》って故意にかぎ裂きをつくったTシャツに雪風が突き刺さった。私の町はおそらくロンドンより寒い。流行に合せて髪を短くし、チックで逆立てた私をひと目見て母は言った。「家を出る時には寝癖ぐらい直しな。もう大学生なんだから、身だしなみには気を配らねば」翌朝起きたら、シャツのかぎ裂きが繕われていた。

休みのたびに帰郷していたのは、大学二年の夏までだった。その年の暮れには帰っていない。バイトを休めないと母には言い訳をして。身の丈以上にふくらんだ東京の生活に少ない仕送りが追いつかず、私が一年中アルバイトをしていたのは事実だが、半分は口実だった。実際は、東京に住んでいるガールフレンドと一緒にクリスマス・イブを過ごし、振り袖を着るという初詣《はつもうで》のエスコートをするためだった。私にとっては、生れてからずっと繰り返してきた、「この歌手は下手だねぇ」とテレビに毒づく母と紅白歌合戦を観、塩鮭とともに蕎麦《そば》をすすり、やたらに具の多い田舎臭い雑煮を食う年末年始と初めて決別をした記念すべき年だ。正月明けに、餅と一緒に五万円の入った封筒が送られて来た時には、さすがに気が咎《とが》め、一月下旬、母の誕生日に合わせて「代休が取れた」とさらなる言い訳をして帰省した。東京駅で買ったショートケーキを母はバースデーケーキとも知らずに食べ、「新栄堂のと、あんまし変わらないねぇ」と憎まれ口を叩いた。

三年の夏からはまる一年以上帰っていない。なにしろ母一人子一人。言わずとも卒業したら地元で就職をするに決まっている。そう思いこんでいる母と口論になるのが嫌だったからだ。地元に就職口などありはしなかった。私が小学生の頃に拡張した故郷の駅の長いプラットホームには、三両編成の電車しか停まらなくなっていた。役場に勤めている誰それは給料がいくら。ホテルで働いているあの子が新しい車を買った。電話の向こうで訴えるような世間話をしかけてくる母の言葉に、私は耳を閉ざした。父親のようにギャンブルに生かされるのは嫌だった。

第一志望だったマスコミ系の企業の面接すべてに落ちた私は、初任給が高いというだけの理由で証券会社に入社した。内定をもらった秋、久しぶりに故郷へ向かう列車に乗った私は、車窓に映ったリクルートカットの前髪をパンク風に見せられないかとつまんだりひねったりしていた。母親への弁明より先に、ヤツがまっとうなサラリーマンになるわけがない、と妙な期待をしていたらしい地元の友人たちへの言い訳を考えながら。

大清水トンネルを抜けた。

雨はそう強くない。

着く頃には晴れるだろう。

列車の速度が落ちたのは、抜けた先がターミナル駅だからだ。

ここで新幹線を降り、特急が走る路線に乗り換える。私は空《から》になったビール缶を潰し、繰り返し執《と》り行ってきた儀式のように網棚から荷物を下ろした。

乗り換え先のホームで缶ビールをさらに二つ買い、八分後に発車する特急電車を待つ。

列車が遅れている。アナウンスがそう繰り返していた。

強風のためだ。日本海の沿岸を縫って走る路線では珍しいことじゃない。

上越新幹線が開通したのは、就職した年だ。秋の終わり頃だった。季節まで覚えているのは、開通して一カ月も経たないうちに、それを使って母が私のアパートを訪ねてきたからだ。

「せっかくだから乗ってみようと思って」「便利になったもんだね」そんな言い訳と

米と塩鮭を携えて。

母はしっかり片づいているアパートの小さなキッチンと、洗面台のピンク色の歯ブラシを眺めて、老猫みたいに目をすがめた。

来ることは事前に、くどいほど何度も連絡を受けていたのだが、予定より二時間も早く、私が駅まで迎えに行くより先に、抜き打ちテストの開始ベルのようにチャイムを鳴らされたから、歯ブラシをしまいこむ暇がなかった。

「なんだ安心だね」母はそう呟いたきり、それ以上のことは聞かず、片づけられたキッチンをさらに片づけて、のっぺをつくりはじめた。母の頭の中では、のっぺが私の好物ということになっているらしい。

私のところに何日か泊まり東京見物をする予定だったのだが、翌日突然、「用事を思い出した」と言い出し、最寄り駅のスーパーマーケットの商品棚だけを見物して、一泊で帰ってしまった。


定刻から五分遅れで列車が走り出した。

しばらくは窓の外に水田が続く。

どこも田植えを終えたばかりだから、引かれた水だけが目立ち、雨空を鈍く映している。

八〇年代の証券会社は、いまとは別の業種だった。落ち着かない気分になるほど羽振りが良く、たいした能力も、それ以上に熱意もない支店の営業マンだった私にも、百万円単位のボーナスが出た。

就職した翌年に風呂なしアパートを卒業し、都心のワンルームマンションに住まいを移した。大学時代からの彼女と別れた直後だ。

同じ年に車を買った。その暮れに帰省した時の路は、いつもの鉄道路線ではなく、関越自動車道だった。

元日に母を助手席に乗せ、すでに昇ってしまった初日の出を見るために、海岸沿いを走った。

ここで暮らしている時には、観光客が海や山の写真を嬉々《きき》として撮っているのが不思議でしかたなかった。生まれた時から見慣れている私には、壁紙のしみにカメラを向けているようにしか見えなかったのだ。

だが、離れて暮らしている私の目には、特に窓から隣のマンションしか見えない部屋で暮らしていたその時の目には、すべての風景がやけに美しく映った。

母は落ち着かない様子だった。緊張した面持ちで、居心地悪そうにし、新車を汚すのを恐れるように両手を膝の上に載せたままだった。

「出世したねぇ。たいしたもんだ」車を降りた母は、いつもの居場所に戻った安堵の息とともにそう言い、「嬉しいよ」と寂しそうに言葉を足した。

私がキャッシュで買った新車は、母が通勤に使っている五年ローンの軽自動車が三台買えるしろものだった。でも、渋滞を覚悟でわざわざ車で帰ってきたのは、見せびらかすためじゃなかった。私には地元の友人たちのように、車を装飾品にする趣味はない。

自分が東京で一人前にやっていることを伝えたかったのだ。言葉では母譲りの憎まれ口しか叩けないだろうから。その後の私は帰省には再び電車を使うようになった。帰る日の玄関先で、私は生れて初めて母に小遣いを渡した。東京へ戻り、持たされたこまごました食い物を詰めてある地方のデパートの紙袋を開けると、渡した五万円が干しイカの間から出てきた。

それからの数年間、母が東京へ来ることはなかったし、私が帰ったのも二度ほどだった。新幹線が所要時間を短くし、故郷との距離が縮まったというのに。言い訳ではなく仕事がとんでもなく忙しかったことは事実だが、距離とは別のものが遠く離れたのだと思う。

前の席でライターの音がし、煙が流れてきてはじめて、この列車に喫煙車両がある
ことを思い出した。
自由席のひとつにあるその車両にたまたま乗り合わせてしまったらしい。席を立と
うかどうか迷ったが、結局居すわることにした。嫌煙家というわけじゃない。少し前
まで私も喫煙者の一人だった。

母親の吸うハイライトをくすねて早くに煙草を覚えた私は、何度も禁煙を試み、失
敗し続けている。成功したのかどうかはまだ不明だが、とりあえずこの二年間は吸っ
ていない。煙草のかわりにのど飴を口に放りこむ。

いまでも煙草を吸う夢を見る。夢の中の私がジッポーのライターで火をつけるのは、
最後に吸っていたマイルドセブンのスーパーライトではなく、ハイライトだ。

水田が消え、目の前が暗くなった。本当にトンネルばかりなのは、この路線に乗り
換えてからだ。在来線ではなく新幹線の開通後に誕生した、いくつもの山をくぐり抜
けるルート。私の故郷へは、こちらのほうが二十分ほど早い。その二十分と引き替え
にどれぐらいの人と金が注ぎこまれたのだろう。東京に長く暮らすうち私は、地方で
は当たり前のムダな公共投資に批判的になった。新しい道ができた、橋がかかったと、

地元の政治家を神様のように拝む母親とは口論をする気にもなれなかった。そのくせ勝手なもので、そうした利便を享受することには躊躇《ちゅうちょ》しない。コンビニエンスストアやスーパーマーケットがすぐそこにあるいまの生活を普通だと思いこんで、一本のコーラを買うために雪道を延々と歩いた昔を忘れている。

最初の停車駅だ。
東京の郊外駅を切り取って山の中に嵌《は》めこんだような町。
全国どこにでもあるチェーン店の看板ばかりが目立つ。
どこへ行ってもこういう町が増えた。

ごう、という音とともに列車がトンネルに吸いこまれる。二十九歳になったばかりの五月、私は一年半ぶりに帰省した。正月でも夏休みでもない時期に帰るのは初めてだった。窓鏡には二つの顔が浮かんでいる。奥の席に座っている私は、あまり似合っていないDCブランドのブルゾンを羽織っている。手前の窓側に見えるストレートのセミロングは、恭子《きょうこ》。この時代の女性らしく眉《まゆ》が太い。恭子とは会員制のテニスクラブで知り合った。私は買い換えた新しいスポーツワゴンを持っていて、渋滞の予想もそう酷《ひど》いものではなかったのだが、電車で行くことにしたのは、いつかのように母に私の車へ妙な目を向けて欲しくなかったからだ。母にはまだ言葉を濁していたが、私たちは結婚の約束をしていた。

杉林の青が左から右へ流れていく。

川が見えてくる。河川敷の緑が艶《つや》やかに光っていた。

母は五年前と同じ軽自動車で駅まで迎えに来ていた。出る前に連絡してあったからだ。

「これから行く」という私の言葉を、母は重大な過失を指摘する口調で訂正した。

「これから帰るだろ」

いつからだろう、故郷へ続く路は、帰る路ではなく行く路になっていた。

母は私たちを歓待してくれた。独り暮らしの小さなテーブルの上に、乗り切らないほどのご馳走《ちそう》が並んだ。料理が好きではない母にしては、どれも手がこんでいる。

恭子は母の料理を誉めたが、田舎の味が口に合わなかったのは明らかで、どの器にも申しわけ程度にしか箸をつけていない。

母は終始笑顔で、機嫌が良さそうにみえたが、恭子がトイレに立ったとたん、私にだけ見せる顔だ、というふうにひそめた眉を向けてきた。

「どういう娘《こ》なんだい。空箸《そらばし》なんかして」母親というより女の顔をしていた気がする。

ごう。低いため息に似た音がしたとたん、耳が痛くなった。そうだった。標高のせいか、列車の速度の関係か、川を越えた先のこのトンネルに入ると、いつもそうなるのだ。結婚して三年目の帰省の車内では、窓に映る顔が三つになった。恭子の膝の上の、耳付きのフードをかぶった小さな顔は、千尋《ちひろ》。列車内での喫煙が大目に見られていた時代だが、もちろん禁煙車を選択した。私が最初に禁煙した年だ。

千尋との対面が産院以来の母は、埼玉に住み、もう何度も行き来している恭子の両親には「母親似」と評されている私たちの娘を抱いて、「一朗似だねぇ」を連発した。あれほどはしゃぐ母を見たのは初めてだろう。私が産まれた時も、あんな顔をしてくれたのだろうか。母への私からのいちばんのプレゼントは、千尋だったかもしれない。

山が深くなり、この先の車窓はトンネルの闇ばかりだ。ときおり立ち現れる風景はとぎれとぎれの断片になる。

窓いっぱいの緑が、黒一色に変わり、また緑に戻る。

小さな集落が現れ、消える。

棚田が背後へ飛び去る。

まるでフラッシュバック映像を見ているようだ。

恭子と千尋を連れて、私は頻繁に帰るようになった。

千尋を母に預け、恭子と二人、夏の夕暮れの海岸を裸足で歩いた。

四人で紅葉の山を登った。私が背負ったベビーキャリアの中では千尋が舞い散る赤や黄色の葉に目を丸くし、恭子がそれをカメラに収める。

れんげ田で紋白蝶《もんしろちょう》を追いかけるよちよち歩きの千尋。ビデオを片手に千尋を追いかける私。

縁側で母と千尋が線香花火をしている。私は冷やの地酒にすっかり酔ってしまい、母が用意した浴衣に着替えた恭子は丸い火花に触ろうとする千尋にはらはらしどおしだ。

無人駅になってしまった駅舎の前で記念撮影。通りがかりの郵便局員が叫ぶ。１＋１は？　三歳になったばかりの千尋が「３！」と叫んで、全員の笑顔が２の三乗になる。

一緒に住もう。いつか言うべきだった言葉を私が口にしたのは、千尋が四歳になった時だ。私たち夫婦は郊外に家を持つことにした。恭子の両親はすでに義兄と二世帯で暮らしていて、私の母は六十を過ぎた。新しい住まいに母の部屋を用意する。それは、ごく自然なことに思えた。

二人は仲のいい嫁と姑になった。最初のほんのほんの一時期だけ。

平均的な男がそうであるように、私は鈍感な質《たち》だ。すぐに自分の鈍感さを後悔することになる。思い出すべきだった。私が同居を提案した時の恭子が、頷きながら必ず「あなたさえよければ」とすがるように言葉をつけ足していたことを。母が千尋を近隣の人々に自慢する時、「一朗の子」としか言わず、皆の前で恭子の名前を口にしたためしがないことを。

一見、打ち解けていたように見えたのは、たまにしか会わないからだった。人と人は離れていたほうがうまくいくことも多い。いや、離れていたほうがうまくいくことばかりだ。同居して二カ月も経たないうちに冷たい戦争が始まった。母は田舎の流儀を私たちの家へ持ちこもうとし、恭子は厳格な番人となってこれまでのルールを守ろうとした。出口のないトンネルだ。

恭子と母の表立って、あるいは水面下で繰り広げられた諍《いさか》いのひとつひとつは、呆れるほど些細《ささい》なことだった。千尋が庭から虫を採ってきたことを、恭子は叱り、母は誉める。恭子は私の車を運転したがり、母はそれに眉をひそめる。テーブルクロスの柄について。風呂の温度に関して。油揚げの煮つけ方について。だが、日々の暮らしは些細の積み重ね。油揚げの味ひとつで、時に人は憎み合う。本当の問題が油揚げの先にあるからだ。油揚げの煮つけ方は、生まれや育ちや家柄や世代や価値観を賭けた戦いの一部だった。二人はキッチンを主戦場に小さな王国の覇権を争う、新旧の女帝に見えた。

仲裁の努力はそれなりにしたつもりだ。しかし私の存在など女帝たちにとっては、どちらの側につくのかと態度の表明を迫る傭兵《ようへい》に過ぎなかった。二人のどちらもが気を引こうとし、味方につけようとしたのは、年若き王女、千尋だ。

弁解にしかならないが、「それなりに」しか仲裁できなかったのは、仕事が忙しかったからだ。より正確に言えば、自分が有能であり、欠かせない人材であることを会社や上司にアピールすることに、私は忙しかった。九〇年代後半のどんなトンネルより深く長い不況に、会社は軋《きし》みをあげていた。同期入社は半分も残っていなかった。三十代半ばになっていた私に、会社のふるいがけの網は大きくなっていた。難破船だとわかっていても必死に艫《とも》にしがみついていたのは、二十四年分の住宅ローンを背中にしょっていたからだ。子供は千尋一人だけだったが、私立の小学校へ通わせ、本格的にピアノも習わせていた。そこらの音楽教室とは違う、芸大卒のインストラクターの個人レッスンには、子供三人分の習い事費用が必要だった。残業帰りの深夜、二人の愚痴《ぐち》を交互に辛抱強く聞きながら、私は早く話を切り上げて寝床にもぐりこむことばかり考えていた。

王女の争奪戦には当然ながら恭子が勝利した。二人が喧嘩《けんか》をするたびに千尋がこう言うようになったのだ。

「バァバ、嫌い」

まだ六歳の子供だ。恭子がせりふを吹きこんだレコーダーに違いなかったのだが、それは自分の体の一部のように千尋を慈《いつく》しんでいた母に、壊滅的な打撃を与えた。

結局、母は一年半で故郷《くに》へ帰った。「やっぱり東京の水は合わないよ」そう言って。「年金も出るしね。また仲居をやるかね。前々からヨシエさんに言われてたんだ。あんたがいないとだめだって。最近の若い仲居は作法がなっちゃないって」饒舌《じょうぜつ》で私の口を塞《ふさ》いで。

故郷の家は不動産屋に売ったのだが、なにしろ年々人口を引き算し続けている町だ。喜ぶべきかどうか、まだ売れ残っていて、同じ家を一割増しで買い戻した。すべての算段を整えてから私が一人で母を送っていった。いくつものトンネルを抜け、日本海が見えてくると、それまでずっと押し黙っていた母が唐突に呟いた。

「海を見るとほっとするよ。よかった、やっと帰れたんだね」

強がりであることは、鈍感な息子にもわかった。

鏡になった窓は、私の姿だけでなく背後の車内も映し出す。通路の向こうの座席には、椅子を回転させ、足をお互いの腿《もも》に載せあう家族連れが座っている。

母という台風が通りすぎた後も、私たち家族は元通りにはならなかった。母がすべてを吹き飛ばし、なぎ払っていったわけじゃない。もともと私たち夫婦には少しずつ亀裂が入っていて、より大きなクレバス並みの裂け目があったこれまでは、それが目立たなかっただけだ。しいて言えば問題箇所を母が穿《ほじく》り返していったというところか。

母という強大な敵を粛清した恭子は、自分の揺るぎないライフスタイルと教育理念を阻害する新たな敵を見いだした。私だ。

千尋の教育方針、生活時間帯、休日の過ごし方、日々の食事、家族三人の着る服、買うべきインテリア、私たちはことごとく対立した。彼女の捨てぜりふはいつもこれだ。「お義母さん、そっくり」

千尋が小学校の高学年になる頃には、恭子は家庭の中に夫婦という構成要素を保つことを諦《あきら》め、子育てだけを唯一のピースにすることに決めたと思う。セックスレスが何年続いただろう。休日の私は、発表会や有名ピアニストのコンサートに出かける二人が閉めたドアの音を寝床で聞き、起き抜けに酒を飲むようになった。玄米と有機野菜ばかりの食卓に辟易《へきえき》し、夜こっそり電話をかけて、のっぺや自家製塩辛のつくり方を聞いた。


母の言葉はあてにならないことが多いが、すべてが間違いというわけじゃない。結婚とは博打のようなものだ。

死が二人を別つまで。結婚式の時には牧師の言葉を疑わなかった。彼女となら一生をともにできる。かつてはそう信じていたはずだったが、いつしか恭子は私にとっていい出目ではなくなっていた。それは彼女にとっても同じだろう。私は恭子のいい出目ではなかったのだ。わかりあう努力を怠ったわけじゃない。最初からわかりあえない者同士だったことに気づかないふりをしていただけだ。恭子はけっして性格が悪い女ではないし、生き方が間違っているとも思わない。ただ、イカの塩辛弁当で育った私のそれと相容れなかったのだと思う。お互いの違う部分を認めあう余裕もない、どこまでいっても交差しない路。離婚したいと恭子が切り出したのは、千尋が中学二年の時だ。翌年の卒業式まで粘ってから私は同意した。

いくつめのトンネルを抜けた先だろう。小さな駅に停車した。

雨がやんでいることを私は、田舎道を傘を差さずに歩く老婆の姿で知る。

離婚届を出した翌月、この列車に乗った。突然やってきた私に、母は薄々感づいていたらしい夫婦の破局を悟ったようだった。ろくに会話も交わさないうちにテーブルへ酒と肴を並べた。酔ったついでの口調で私は言った。「もう一度、一緒に暮らそうか」母は笑いと怒り、どっちを張りつけていいのかわからないといった表情で首を横に振ってから、お得意の憎まれ口を叩いた。「いつもいつもお前はほんとうに身勝手だね。恭子さんのかわりに私に炊事をさせる気かい」へらず口なら負けない。私もすぐに言い返した。「血圧が高いくせに、塩辛ばっかり食って。突然死したら、ここでミイラになるぞ」本気だったのだから、あの時ぐらい真剣に説得すればよかったのだ。いまでも後悔している。翌年、母が倒れた。

危篤の知らせを受けて飛び乗った列車は、いつもより遅かった。トンネルはいつもより数多く、いつもよりずっと長かった。携帯電話で亡くなったことを知らされたのは、ちょうどいましがた過ぎた駅に停車している時だった。通夜と葬式の席で私は、母と故郷をほったらかしにしてきた罰のように、母に関する思い出話をさんざん聞かされた。田舎だから持たないわけにはいかないが、夫を交通事故で亡くした母が本当は車嫌いで、私のへたくそな運転をずいぶん心配していただの、再婚をしなかったのは新しい父親候補と引き合せるたびに私が泣きわめいたからだの。いま頃そんな話を聞かされても。

急行列車は止まらない。美しい風景も、見たくもない光景も、景色のない闇も、窓の外を同じ速度で流れていく。途中下車のできない路だ。

また短いトンネル。闇と光が一瞬の間《ま》に交錯する。

トンネルはときおり私に死を想像させる。

三カ月前、私は会社を辞めた。五十目前で支店の課長。たぶん自分から言い出さなくても、遠からず会社から自主退職を迫られただろうから、先制攻撃だ。そして、故郷へ帰ることを決めた。母親のスカートの下へ潜りこむように、すごすごと逃げ帰るわけじゃない。出直すにはまだ遅くないと信じたくなっただけだ。昔のバンド仲間が小さな水産加工会社を経営している。私はそこで営業担当として働く。五十になってもへたくそなギターを弾き続けているそいつはこう言った。「やっぱ、これからはローカル発信らろう。一緒にやろうれ」この旅が出口なのか入口なのか、まだわからない。それは私自身が決めることなのかもしれないし、誰にも決められないものなのかもしれない。

どちらでもないのかもしれない。

千尋から一年ぶりの電話があったのは、先月だ。失業者にはメニューブックが心臓に悪いイタリアン・レストランで落ち合った。短大生になった千尋は上手とはいえない化粧をしていて、店の人間に誤解されることを恐れてか、枕言葉のように「お父さん」を連発した。そんなことしなくても大丈夫。申しわけないほど私に似た目鼻立ちでわかる。ピアノはもう辞めたという。本当にピアニストになりたかったのは恭子だったのだろう。「新しい父親が来るかもしれない」唇を尖らせる千尋に私は言った。「お母さんの好きにさせてやれ。親がどう生きようが、お前には関係ない。お前はお前だよ」本当はほんの少しだけ関係はあるだろうが、私はそう思うし、千尋もたぶんそう思ったほうがいい。私や母に似て千尋はきっと酒が強いだろう。初めて、と下手な嘘をついて、するするとワインを飲み干した。

日本海側の地方都市に入った。路《みち》はようやく平坦になり、水田ばかりの地平に宅地が点在しはじめ、住宅街がいつのまにか市街地へと変わる。

とはいえ私の故郷は、海岸沿いをさらに走った先で、海辺まで迫った山々を抜けるこの列車には、まだまだトンネルが待っている。

視線の先から街並みが消え、数分間だけの夜が訪れて、窓が鏡になった。私はバッグから布包みを取り出す。袱紗《ふくさ》を解き、小さく平たい中身を窓際に据えると、窓鏡に映る顔が二つになった。くたびれた中年男となった私の顔の下、四角い額に小さく切り取られているのは、母の顔だ。仏壇を持たない私が箪笥《たんす》の上に置いているキャビネサイズの遺影。すっかりぬるくなった二本の缶ビールのプルトップを二つとも開け、ひとつを写真の隣に置いた。そいつに自分が手にしたもう一本を軽く押し当てる。言いたいことはむこうにも山ほどあるだろうし、こちらにだってたくさんあるが、とりあえず乾杯だ。

いままでと違って、出口が近づいたことは、抜け出る前にわかった。進行方向がほのかに明るくなったからだ。なぜこのトンネルだけ早くに窓が光りはじめるのかを、もちろん幾たびもここを通ってきた私は知っている。出口の先に巨大な鏡面があるからだ。

トンネルを抜けた。

海が光っていた。

上海租界の魔術師

1《イー》

今朝、祖父が亡くなった。泣いたのはわたしだけだった。

大往生だよ、と実の息子である父は、明日からの葬儀を祝い事みたいに言う。母親も、九十三歳まで生きたのだもの、とため息をついていた。そのため息の半分ぐらいはきっと、安堵の息だ。

亡くなったのは、突然。わたしの知るかぎり病気らしい病気をしたことのない人だった。昔の人にしては背が高く、ひどく痩せていたけれど、それはくるみの木のような頑丈そうな痩せ方で、まだまだ長く生きることに何も問題はないように見えた。昨日までは。

昨日の午後、祖父は鳩に餌をやるために庭へ出ようとして意識を失った。乾燥とうもろこしが散乱したテラスで、水撒き用ホースを枕にして、うつ伏せに倒れていた。それっきり意識がこちらの世界へ戻ることはなかった。苦しみとは無縁だったと思う。お医者さんから告げられた病名は脳梗塞だけれど、病気のためというより、出番が終わったステージから舞台の袖の向こうへ、すいっと姿を消したような死に方だった。最後までお気楽な人生。知らせを聞いてやってきた親戚のひとりは、そう言った。

母親が安堵しているのは、祖父に問題があったとすれば体ではなく中身のほうだったからだ。祖父が餌をやろうとしていた鳩は何年も前に死んでいた。体は丈夫なくみの木でも、幹の中はがらんどうになりかけていたのだ。

ここ何年かは、父の名前を忘れて、忘れたことを誤魔化そうとして、「鷲鼻君」なんて適当なあだ名をつけて呼んでみたり。母親のことは顔すら忘れて、食事に呼ばれるたびにていねいな挨拶《あいさつ》をしていた。どうもどうも、午餐《ごさん》にお呼ばれ、恐縮です。お昼ごはんのソーメンにもお世辞を使っていた。

わたしの名前も忘れられてしまった時は悲しかった。「やぁ、要《かなめ》、おはよう」毎日のそんな挨拶が、ある日、「ツァオシャンハオ、クーニャン」になってしまったのだ。電子辞書によると、ツァオシャンハオは中国語で「おはよう」。クーニャンは「娘さん」だ。

祖父はマジシャンだった。祖父自身の言葉でそのまま語れば、魔術師。どちらにしても祖父の場合のそれは、アマチュアの道楽という意味ではなく職業的なものだ。それで過不足なく生活できていたかという問題は別にして。

「昔、中国の上海にいたのさ。なぁ、かなめ、そこで俺がなんて呼ばれていたと思う。魔術大博士だよ。魔術大博士ジェームス牧田と言えば、知らない人間は租界《そかい》にはいなかった」

祖父の言う昔というのは、七十年以上も前、日本が戦争に負ける前の時代のことだ。まだ十八年しか生きていないわたしに言わせれば、昔も昔、江戸時代と変わらない大昔。だけど祖父は、つい先月までそこにいたとでもいうふうな口ぶりで話す。

「上海は特別な街なんだ。世界中の珍しいもの、新しいもの、美しいもの、汚いもの、すべてが集まる場所さ。かなめにも見せてやりたいもんだ」

祖父が三番目の奥さんに逃げられて、わたしたちの家で暮らしはじめたのは、わたしが小学校三年の時だから、ちょうど十年前だ。

会ったのはその時が初めてだった。もう春だというのに、古めかしいコートを着て、人間だって入ってしまいそうな大きなトランクと、二羽の鳩が入った鳥かごをさげて現れた祖父は、まさしく魔術師に見えた。あるいは等身大のカラス。ぶかぶかのコートは喪服みたいな黒だったし、祖父の鼻は少し分けてもらいたいほど高いのだ。坂道の下から、照れたような、申しわけなさそうな顔で手を振る姿は、いまでも覚えている。わたしたちに聞かせるための父の呟き声も。「勝手なことばかりして、いま頃なんだよ」

父と祖父に長く親子の交流がなかったのは、祖父が父の母、つまりわたしの祖母にあたる人と離婚していたからだ。三十五年前に病気で亡くなっている祖母を古いアルバムの中でしか知らないわたしにとっては、いままでどこで何をしていようと祖父は祖父なのだけれど、父にはそうではなかったようだ。

それでも父が祖父を受け入れた理由を周りの大人たちは、「やっぱり親子だから。絆《きずな》ってもんだろうさ」「血は水よりも濃いってね」なんて、父への同情や賛辞まじりの噂をしていたけれど、いくぶん大人になってからわたしなりに考えてみると、もっと違う理由があった気がするのだ。

父が自分も二番目の奥さんと結婚したばかりで、わたしと兄に、自分以上の好ましくないサンプルを見せたかったからじゃないか、とか。父の再婚を快く思っていなかった姉は、大学に入学したのを機に家を出て、この家よりも学校に遠い場所にアパートを借りていた。無言の抗議のようなその空き部屋を埋めたかったんじゃないか、とか。たとえばそんな理由。たぶん祖父は、父がわたしや姉や兄に繰り出したブラフのカードだったのだ。

　祖父は姉が使っていた二階の六畳間で暮らしはじめた。ひょろりとした体を、長さが変わるマジックスティックみたいに縮めて。毎日昼近くまで寝ていて、午後は鳩を眺めて過ごし、夜は遅くまで起きていた。何をしているのかはわからないけれど、隣のわたしの部屋にはときどき、カセットテープレコーダーから流れる音楽が漏れてきた。兄からは「ドラキュラ」と陰口を叩かれた。「長年の習慣なんだよ。夜が本番の仕事だからね」と祖父は言いわけしていたが、仕事に出かけたことは、わたしの家に来てからは一度もなかった。技を披露する相手は、もっぱら幼い頃《ころ》のわたし。

　怖いもの見たさで、ドアのすき間から祖父の部屋を覗いていた時に声をかけられたのが、まともに話をした最初だ。マジックを見たのも。

「やぁ、かなめちゃん、魔術を見に来たのかい」

　初めて見たのは、こんなマジックだった。

　祖父がテーブルがわりのトランクにトランプを置き、わたしにシャッフルするように言った。裏に蔓薔薇《つるばら》の複雑な柄が入った、子どもトランプとは大違いのきれいなカードだった。もたもたとカードを切り、トランクの上に戻すと、祖父は素晴らしく長い指の一本一本をダンスをさせるように動かして、カードを扇のかたちに開いた。

「一枚とって」

どれでもいいと言われたから、扇の真ん中、ちょっとだけ縁《へり》が飛び出した一枚の、隣のカードを手にとった。

祖父は、ふむむ、と唸ってから重々しい声で言う。「もう一枚」

三枚目のカードを手にした時、祖父がまた、ふむむと唸った。

「かなめは何月生まれだったっけ」

「三月」

「じゃあ、それだ。かなめのラッキーカードだよ。そのカードをよく見てごらん。絵柄もね」

ハートのジャックだった。女の人みたいにまつげが長いのに髭が生えている。長いまつげを伏目がちにした悲しそうな横顔だった。

「俺には絶対に見せるなよ。その気になれば透視もできるからね」

両手で必死にカードを隠して、凸レンズの焦点実験みたいな視線を何度も走らせてから、裏向きのまま手渡した。

祖父はその一枚をトランプの扇の中へ無造作に挿し入れると、一瞬の早業でカードを束ね、シャッフルしはじめた。リフルシャッフルというやり方だと教えてもらったのは、後になってからだ。後にも先にもあんなに手際よくトランプを切る人を、わたしは見たことがない。

たんねんにシャッフルしたトランプを、裏返しのまま床に並べる。

「さて、では、ここからかなめの選んだカードを取り出してみせよう。かなめにも手伝ってもらおうか。まず半分を消すよ。散らばったカードの真ん中あたりに指で線を引いてみてくれ」

ばらばらに並んだカードのおおよそ真ん中を指でなぞる。祖父は迷う様子もなく、片側の二十数枚を脇にどけた。「もう一度」

今度は横一文字に指を動かしてみた。祖父が上半分を取りのぞく。「じゃあ、もう一回」

何度も同じことを繰り返す。十二枚から六枚。六枚から三枚、わたしが指で線を引くたびに、祖父は一秒も迷わずカードを取りのぞいていく。どう考えてもあたるはずがない。祖父でなく自分が間違ったことをしている気分だった。

残った三枚のうちの左の二枚と右側の一枚の間に指を走らせる。祖父は右側のカードではなく、真ん中と左側を二枚まとめてはじいてしまった。

残ったのは、一枚。祖父がカードの上で両手の指を蜘蛛みたいにうごめかせた。

「1《イー》、2《アル》、3《サン》」

中国式に数をかぞえてから、指を鳴らす。

「カードを開いてごらん」

開いた。わたしの口は輪ゴムのかたちになった。ハートのジャックだった。

まばたきが止まらない目で祖父を見上げた。なぜか眉をひそめている。

「おやおや、失敗したぞ」

まだ祖父と言葉を交わすのが怖かったわたしは、そんなことない、すごいよ、と口にするかわりに、髪を揺らして首を横に振った。が、祖父はしかめ面をしたままだ。

「いや、そのジャックは、さっきのジャックとは違う。よく見てごらん」

よく見た。確かに違う。同じハートのジャックだけれど、顔が違うのだ。さっきのジャックは悲しげな伏目の横顔だったけれど、このジャックは真正面を向いて、こっちにウインクをし、そして笑っていた。

「ふむむ。まいったな」ちっともまいってはいない口ぶりで祖父はそう言い、高い鼻を矢印のかたちにして長袖シャツの胸ポケットを覗きこんだ。「ああ、こんなところにあった」

胸ポケットからつまみだしたのは、横顔のハートのジャックだ。わたしの口はまた輪ゴムになった。今度は縦長に。

「だが、こいつは捨てちまおう。せっかくのかなめのラッキーカードだ。笑った顔のほうがいい」

祖父が目尻に皺のさざ波をつくって、わたしの手の中のジャックみたいに笑った。

「かなめも笑ってごらん」


わたしの本当の母は、幼稚園の年中組の時に亡くなった。姿かたちのはっきりした記憶はない。海へ行った時、波打ち際でわたしの手を握り返してくれた指や、デパートのたぶん食品売り場でずっと握りしめていたスカート、夜寝る時に隣で歌を歌ってくれた静かな声、そんなばらばらのカードを、目の前で素早くシャッフルされたみたいに断片的に思い出すぐらいだ。潮の匂いやスカートのひまわりの柄や暗い部屋に響くかちこちという時計の音なんかと一緒に。

仏壇には写真があったし、アルバムを開けば顔も体つきも確かめることができたのだが、手のひらサイズの薄っぺらいプリントの中の、表情が釘付けになった雛《ひな》人形みたいに小さな顔を「お母さんだよ」と言われても、スカートを握りながら見上げていたはずの顔や、わたしの手をすっぽり包んでくれた温かい指とは、うまく結びつかなかった。しかも新しい母親が来る頃には、仏壇の写真は奥に引っこみ、リビングに飾ってあったアルバムも押し入れにしまわれた。

新しい母親は悪い人じゃない。亡くなった年の母より若く、言葉も動作もてきぱきしていて、服や家具選びのセンスもいい。なにより健康そのものだ。

でも、姉は一緒にいた半年間、返事以外の言葉は交わさなかったし、兄も声をかける時には「お母さん」ではなく、「チエコさん」と名前で呼んだ。小学二年生だったわたしは、家中に張りめぐる、目に見えないほど細いけれど切れ味の鋭いテグスに、足をひっかけたり、手で触れないように注意しながら暮らしていた。

姉も兄も、自分の大切なものが偽ものにすり替えられた気持ちだったのだと思う。大切なものの偽ものは嫌われる。本物に近づこうとすればするほど。

本物を覚えていないわたしは、甘えてみたい気持ちもあったのだが、姉や兄とともに防御線のこちら側にとどまっていた。そこから一人だけ抜け出て、母親に甘えてしまうと、ただでさえずっと年下でおみそ扱いの自分が、姉や兄と本当のきょうだいではなくなってしまう気がしたのだ。だからわたしも子どもなりに感情を押し殺して、母親に怪我を負った猫のような態度を取り続けた。

こういうことは最初が肝心。飛び込み台と同じだ。最初にためらうと、時が経てば経つほど、飛び込むのが怖くなってしまう。台の上からそれほど遠くないはずの落下点をときどき眺めながら、悪いなぁと思いながら、もう十年が経っている。

死んでしまった人はトクだ。現在進行形でいがみ合うことがないから。その人の美点やその人とのいい思い出ばかりが、加点方式でカウントされていく。もし生きていてくれたらという叶わない願いが、現実以上の夢想を見せる。父にとって亡くなった祖母がそうだ。父が祖母へ加点すればするほど、天秤《てんびん》のもう一端でのん気に鳩に餌をやっている祖父への風当たりが強くなる。父はよく聞こえよがしにこぼしていた。「なんであんなお荷物をしょいこんじまったんだろう」お荷物というのは、もちろんトランクのことではなく、祖父のことだ。

死んでしまうとトクなのは、鳩だって同じ。祖父はよく昔飼っていた鳩の自慢をした。「やっぱり上海時代に飼ってた鳩たちが一番だったな。あれに比べたらいまのはとさかのないニワトリだ。もうあんな鳩を手に入れることは二度とないだろうよ」

うちに連れてきた鳩だって、とてもきれいだったのだけれど。

祖父の鳩は公園でポテトチップスのかけらをついばんでいる鳩たちとは種類が違う。

色が真っ白で体も小さくほっそりした、銀鳩という種類のマジック用の鳩だ。

銀鳩たちは遠くへ飛べない。いつも祖父のまわりをぐるぐる回るだけ。大きな鳥かごの中で出口を探しているみたいに。羽根を切ってあるのだ。声も立てない。

「どうして」とわたしが聞いても、祖父は答えてくれなかった。羽根とは違う別のどこかも切ってしまっていたのかもしれない。

二羽とも名前がなかった。「情《なさけ》をかけてしまうと、死んだ時に悲しいだろ。名前がないほうが楽さ。死んだ時、誰を悲しんでいいのかわからないから」

鳩出しマジックを初めて見たのは、祖父がやってきて四カ月目だ。わたし一人のために部屋の中で見せてくれたのだ。夏休みが始まったばかりのじめじめした暑い日にもかかわらず、わざわざタキシードに着替えて。シルクハットまでかぶって。

「腕がなまってないかどうか確かめたいんだよ。つきあってくれ」

その日のわたしは、朝、一学期の通知表を母親へ見せずに隠していたことを、父にこっぴどく叱られたばかりで、マジックを楽しむ気分ではなかったのだけれど、家族の誰にもめったに頼みごとをしない祖父に言われたらしかたない。

祖父が旧式のカセットレコーダーのスイッチを押す。流れてきたのは「オリーブの首飾り」という曲だ。ちゃらららららん。ちゃらららららら。

音が漏れないように気づかって窓を閉ざした部屋は、ノースリーブのワンピースのわたしでも暑く、祖父はシルクハットの中から垂れ落ちるほどの汗を流していた。

「なんで長袖に着替えたの」

「これが正装だからさ。アロハシャツに半ズボンの魔術師なんて見たくないだろ」

金ラメの蝶ネクタイを気取ったしぐさでつまんで、おどけたステップを踏んでみせる。畳の上でそんなことしたって、ちっとも面白くない。

「なぁ、かなめ。つらい時には、とりあえず笑え。楽になるよ」

祖父は笑いながらそう言った。そして、ふてくされ顔でトランクに頬づえをついたわたしの前で、踊り続けた。日焼けした畳に汗をぽたぽた垂らして。ちゃらららららん。ちゃらららららら。

だから、タキシードの胸ポケットから大きなハンカチを取り出したのは、最初、汗を拭くためだと思った。

指を生きものみたいにくねらせながら、祖父はハンカチに結び目をつくる。それをひと振りすると、
わ。結び目がほどけてる。

片手でハンカチの一端をつまみ、もう一方の手でひとしごきすると、おお。たちまち結び目ができた。

頬づえからわたしのふくれっ面《つら》がかくんと落ちた。でもこれは、ほんの序の口だった。

ハンカチを両手で揉《も》みほぐすような動作をしたかと思うと、おわわわ。中から鳩が飛び出してきた。

祖父も、祖父の肩にとまった鳩も胸をそらして、どうだ、という顔でわたしを見下ろしてくる。祖父がまたステップを踏み、歌うように声を張りあげた。

「はてさて、この美しき鳩はどこから来たるや？　満州？　蘇州？　いやいや海を越えてはるばる日本から？」

どこから来たと言われても。その鳩は祖父が飼っているうちの一羽で、わたしが勝手に鳴き声を想像して、クックルという名前をつけた鳩だ。にしても不思議。

手に残ったハンカチをわたしに差し出してくる。おそるおそる受け取ると、ハンカチの中から板チョコが出現した。

「それは練習につきあってくれたご褒美だ。謝謝《シェシェ》」

そのチョコがこの世ではない別の場所から現れたものではないかと疑って、わたしは指先だけでいちばん端をつまんだのだが、近所のコンビニでも安い値段で売っているものだった。

「驚いたかい」

祖父の肩でクックルが飛べない羽根をはばたかせる。わたしは鳩みたいに目を丸くして首を縦に振った。

「他のものも出せる?」

「たいていのものはね。多少の準備は必要だがね。象は無理だな。床が抜けちまう。ライオンもやめておいたほうが無難だな。何を出して欲しい? ウサギ? インコ?」

「猫がいい」その頃のわたしはペットが飼いたいと、よく父に駄々をこねていたのだ。

「ああ」何を思い出したのか、祖父が顔をしかめた。「猫はだめだな。爪を立てるから」

「犬は」

「種類にもよる。スピッツは向いてない。鳴き声がひどいんだ」

「人間は?」

「助手はもう何百ぺんもだ。客席の後ろに楽団を出したこともあるよ。さ、どうする。

そうだ、ハムスターにしよう。そのかわり魔術で出したものとはいえ生き物だ。ちゃんと飼ってやらなきゃだめだぞ。何がいい？」

「お母さん」

なぜあの時、あんなことを言ったのだろう。子どもらしい無邪気さから、と言いたいところだけれど、違う。その言葉を口にすれば、おとなが困ることをわたしは知っていたのだ。父や姉兄《きょうだい》たちから小さな子ども扱いされ、言葉を取り合ってもらえなかったわたしが唯一、全員を振り向かせ、黙らせることができる秘密兵器。魔法の呪文だ。

だけど、魔術大博士ジェームス牧田は、黙りこんだりはしなかった。

「ふむ。わかった。ただ、さっきも言ったように、少し準備が必要なんだ」

約束の一週間後の夕方、祖父はわたしを部屋へ呼んだ。

「では、始めよう」

祖父が右の手のひらを突き出してから拳をつくる。マジックスティックで拳を叩いて開くと、手の上に古めかしい鍵が載っていた。いつも厳重に封印してあるトランクの鍵だ。

鍵を指でつまんでわたしの顔の前にぶらさげる。わたしはより目になった。

「これからひと時、貴方《あなた》を魔法の世界へと、誘《いざな》わん」

鍵が催眠術のように左右に揺れた。眠ってしまわないように両手で下まぶたを押し下げた。

祖父がトランクの蓋《ふた》をほんの少しだけ開けて手さぐりをした。素早く取り出したのは、いままでに見たことのないマジック道具だった。六角形で銅色。最初は平べったい壺に見えた。

「それはなに」

「魔法のランプだよ」

六角屋根を載せた家みたいなかたちをしている。実際に上の方には瓦の彫刻が施されていた。六つの壁のうちの四面には牡丹《ぼたん》の花が彫られ、二面にだけ外側へ張り出した飾り窓がついている。

「まず、部屋を暗くしよう。ランプの精は夜行性だからね」

祖父に言われるまま雨戸を閉め、ぴたりとカーテンを引く。まだ夕方なのに部屋は真っ暗になった。

「怖いよ、お祖父《じい》ちゃん」

「闇は怖くない。夜の闇には昼よりたくさんの魔法があるんだ」

シルエットだけになった祖父の声も、いつになく恐ろしげに聞こえた。

「まだ？」

「暗くてうまく火がつかん」

「窓、少し開けよう」

「いやいや、待てしばし」

部屋がようやく明るくなった。ランプの中のろうそくに火が灯ったのだ。とはいえランプには二つの小窓しかないから、明るいのは淡いふた筋の光の届く範囲だけ。祖父の黒い影がわたしの背後に回った。光も壁を這って動いていく。後ろの闇から祖父が言った。

「かなめ、いま何時頃だろう」

「五時ぐらい」

「ふむ。夜にはまだ早いな。では、ひと足早く、夜を呼び出してしんぜよう。1《イー》、2《アル》、3《サン》」

部屋が暗闇に戻った。だが、それはいままでとは違う、ほのかな明るさを含んだ闇だった。

「上を見てごらん」

「わ」

天井が星空になっていた。光を包みこんだ黒布に無数の針穴を開けたような、数えきれないほどの星と星座。しかもそれはちらちらと瞬いている。すごい。きれい。驚きを伝えたくてわたしが振り向くより先に、祖父が声をあげた。

「じゃあ、かなめの前のお母さんにも出てきてもらおう。目を閉じてごらん」

「閉じた」

「ただし、会わせるのはほんの一瞬だ。生きている人間は、死んでしまった人間と長くつきあっちゃいけないんだ。生きようとする魂が連れ去られちまうからね。いいかい」

「わかった」

「１《イー》」

暗がりの中で目を閉じると、闇が倍の濃さになった。黒一色の視界に祖父の声だけが響く。

「２《アル》」

どきどきした。期待に胸が弾んでいるのか、ただ怖いだけなのか、自分でもよくわからない。

「3《サン》。いいよ、目を開けて」

目の前にさっきと同じようなかすかに光を帯びた闇が広がっている。

「窓を見てごらん」

いつのまにかカーテンが片側だけ開かれ、ガラス窓一面が淡く光っていた。その四角い光の中にいるのは、わたしの母だった。

仏壇の写真で見慣れた顔。ただし襟もとまでしかわからないあの写真とは違って、上半身をすべてこちらに向けている。最初のうちぼんやりと光に溶けこんでいたその姿は、しだいに鮮明になっていった。白いブラウスを着ていた。写真より髪が長くて、若々しく見えた。首をほんの少しかしげて微笑んで、わたしを見つめている。

わたしもしっかり見つめ返さなくちゃ、と思ったとたん、母の姿がゆらりと揺れた。そして上方へ飛び去るように消えた。

「ここまでだ」

祖父が部屋の照明をつけ、明るさに目をしばたたかせているわたしに言った。

「魂を奪われないうちにやめよう」

「いまのは、どうやったの」

いくら八歳の少女でも、何かのしかけがあることはわかった。でも、それがどういうしくみによるものなのかがわからない。

「どうもこうも。おまえの前のお母さん、笑ってただろ。かなめに伝えに来たのさ。天国で楽しく暮らしてるから、自分のことは気にかけるなって」

「嘘」

「信じようと信じまいと、夢も現《うつつ》も、貴方しだい。それが魔術でございぃ」

マジックを教えて欲しいと何度頼んだだろう。祖父の答えはいつも、まだ早いだった。わたしの家に来て二年目、八十五歳になった頃には、こう言っていた。

「俺の孫だ。かなめにはきっと素質があるよ。でも、魔術を覚えるのはまだ早い。魔術師は、光が当たる世間の裏側の、影とつきあう職業だからね。影を知る前に、もっともっと光を知って欲しいんだ」

意味をうまく理解できない九歳のわたしに、なだめるような言葉を足した。

「もう少し大きくなったら教えてあげよう」

「もう少しってどのくらい？」

「そうだな、かなめのひとさし指が六センチ五ミリになったら」

ランドセルの脇ポケットから定規を抜き出してはかってみた。五センチしかなかった。

「あと何年?」

「何年だろう」祖父は天井を見上げて、砂時計の残りの砂を量るような目つきをして、それから目尻に以前より深くなったしわのさざ波をつくった。

「そうだ。その時には、こいつをあげよう」あいかわらず自室のテーブルにしているトランクを叩く。「鍵のありかは秘密だよ。それを見つけるのが魔術試験だ。このトランクを開けば、魔術の秘密がおおむねわかる。秘密さえ知れば、あとは」

「だ」

「忍耐と運」

「わたしがもらっちゃって、お祖父ちゃんは困らない?」

また天井を見上げて、ひとしきり何かを量る目をしてから、祖父は請け合った。

「たぶん。その時には、鳩もあげるよ」

最後の一羽のポロッポが死んだのは、その翌々年だ。

この世に魔法は本当にある。祖父はよくそう言っていた。

世界は魔法に満ちているのに、たいていの人はそれに気づかないだけなんだ、と。

「上海であの子に会った時もそうさ」

陶人形の男の子と女の子を手を触れずに動かし、最後にキスをさせるという、いつになく大人びたマジックをわたしに披露した後だったと思う。窓の外の星のない夜を眺めてこう言った。

「俺は、ひと目見た瞬間に、魔法にかけられちまった」

わたしが十歳になった年の八月の半ばだった。何か特別な日だったのだろうか。祖父は珍しく飲めないお酒を飲んでいた。甘口のフルーツ酒。

「あの子がこっちを見た瞬間、矢が飛んできて、俺の胸に突き刺さったのが、この目にはっきり見えたんだ。矢尻は翡翠《ひすい》で、極楽鳥の羽根がついていた」

「あの子って、お祖母《ばあ》ちゃんのこと？」

わたしは一カ月前に初潮を迎え、母親からお赤飯を炊いてもらっていた。だから、あの子というのが、子どものことではなく、おとなの女の人を意味していることは、少し考えれば理解できた。

祖父がどう答えようか迷ったふうを見せたから、わたしはティーンエージャーっぽく、わけ知り風に眉根を寄せて、こくりと頷いてみせた。違うんだね、と口で言うかわりに。

「どうしてもあの子と仲良くなりたくて、俺は花束に魔法をかけて渡したのさ。その時は全身全霊で百回ぐらい呪文をかけた。あの子も俺のことを好きになりますようにって。それで」

「それで？」

「もちろん、うまくいったさ。無問題《モーマンタイ》。俺は魔術師だからね」

上海は素敵な町だ。行ったことはないけれど。

祖父にくり返し話を聞いているうちにわたしは、摩天楼から眺め下ろす風景や、大通りの賑わいや、路地裏の不穏な薄暗がりまで目に浮かべることができるようになった。おおまかな地図だってたぶん描ける。

ただし、わたしが知っているのは、祖父が暮らした七十数年前の上海だ。

祖父は十四歳で先代の魔術大博士に弟子入りした。助手として日本各地を巡った後、当時の日本人にあらゆる希望を約束する土地だと信じられていた中国へ、大博士率いる魔術団の一員として渡った。一九三〇年代のことだ。祖父は十六歳だった。

祖父から話を聞かされるまでのわたしは、自分が生まれるずっと昔を教科書のモノクロ写真でしか知らなかったから、昔の世界には色が存在していなかったんじゃないかなんて錯覚していた。とんでもない。

「あらゆるものがあふれていた。それはきれいなところだったよ、かなめ」

当時の上海には租界と呼ばれる外国人居留地があって、世界各国からさまざまな人々が集まっていた。イギリス人、アメリカ人、フランス人、インド人、ロシア人、日本人。投資家、学者、船員、踊り子、博打《ばくち》打ち、音楽家、魔術師。「ろくでなしばかりだったがね。ろくでなし同士、仲は良かったよ」

港がある黄浦江《ホワンプージャン》にはジャンクやサンパンが帆を広げ、外灘《バンド》にはヨーロッパ建築のホテルや領事館が立ち並んでいる。

外灘からパレスホテルを左に見て南京路《ナンキンロード》へ入ると、そこは摩天楼が立ち並ぶモダンストリート。人力車《ワンポーツ》や二階建バスが行き交い、百貨店が軒を連ね、英語の看板が人々を誘い、中国語の書かれた幟《のぼり》が万国旗のようにひらめいている。

「あの子とはよく映画を見に行ったな。日本では見られないハリウッドの新作だよ。映画館にくり出すのは、チョコレートショップに寄って、アイスクリームを買ってからだ。虹口《ホンキュ》のナイトクラブには日本人ジャズマンが大勢いてね、俺たちがテーブルに座ると、あの子の好きなスウィングを演奏してくれたもんだ」

中国に渡って三年目。初代魔術大博士が魔術でも治せない病に倒れて亡くなり、祖父が跡を継ぐことになった。どうしてまだ二十歳《はたち》にもならない下っぱの祖父が大博士になれたのかについては、こう語る。

「誰もが一流の魔術師になれるわけじゃないからね。資質が必要なのさ。あとは忍耐と少しの運さえあればいい」

祖父には少しの運があり、なにより忍耐強かったのだと思う。別の時にはこう言っていたから。「先生の修業は厳しくてね。兄弟子が一人辞め、二人辞め……最後までついていけたのは、俺だけさ」

南京路を西へ進むと、左手に西洋のお城のような観客席がある競馬場が見えてくる。高い塔が目印の右手の五階建ては、大世界《ダスカ》。ショー、お芝居、映画、賭博、ダンスホール、すべての娯楽が揃った大遊技場だ。祖父はそこで連夜マジックを披露していた。

「何をやっても受けたな。ときどき失敗もあったが、客はそれも興のひとつだと思ってくれて拍手喝采だ。あの子は働いていたカフェをやめて、俺の助手になった。もちろんあの子も大人気さ。映画女優のようにきれいだったからね。あの子を胴体切断魔術の箱に入れようもんなら、みんな大騒ぎだ。やめろやめろって悲鳴をあげて」

上海を語る祖父の顔はいつもいきいきしていた。食卓で小盛りにしたお茶碗を抱えて父の顔色を窺《うかが》っている時とは別人だった。祖父はしじゅう父から小言を食らっていた。鳩の糞《ふん》のことや、カセットレコーダーの音量や、夜遅くまで起きて物音を立てること、父から貰っているお小遣いの使い途に関してまで、どちらが親だかわからないほどあれこれと、さんざんに。

テレビのニュースや旅番組にときどき登場する上海は、聞いた話とは違って、まるで未来都市だ。わたしがでてでっと二階に駆け上がって「シャンハイ、テレビに出てるよ」と教えても、祖父は見ようとはしない。

「違うんだよ、かなめ。あれは別の街だ」

上海は、もうどこにもない街だ、と祖父は言う。「日本の軍隊が幅をきかせるようになってから、どんどんおかしくなっちまったんだ」まるで違う国の人が、日本という外国を憎むような調子で。もともと中国の人たちの土地だったのだから、元に戻っただけだとわたしなんかは思うのだけれど。「戦争なんかおっぱじめやがって。あれさえなければ」

あれさえなければ。その先を聞いたことはないが、戦争が終わって日本に帰ってからの祖父に、マジシャンとしての華々しい活躍がなかったことは、他の大人から聞いていた。「母さんを働かせて、ふらふらごろごろしていたごくつぶし」と父は言う。

祖父は上海にいろんなものを置いてきてしまったんだと思う。財産も、大博士の称号も、魔術師としての勤勉さも、そしてあの子さんも。

あの子さんの名前は、たぶん、フーティエだ。祖父ががらんどうになってしまってから、それがわかった。ときおり中国語と日本語の入りまじった、こんな言葉を口にするようになったのだ。とても優しげな声で。

「フーティエ、ご覧《カンフェンジン》。夕焼けがきれいだよ」「ねぇ、フーティエ、俺の靴下はどこだろう」

フーティエと呼ばれるのは、わたしであったり、母親であったり、姉の部屋に置きっぱなしのぬいぐるみだったりするのだが、わたしの祖母も含めて、三人の奥さんの名前が呼ばれることはない。

父は祖父が、自分の母親を捨てたと思っているけれど、祖母だけじゃない。日本に戻ったものの、行くあてのない祖父が「結婚したというより、家にころがりこんだんだ」と語る最初の奥さんも、二十いくつか年下で、他の男と逃げてしまった三番目の奥さんも、祖父の最後の記憶からは捨てられてしまっていた。

ある時突然、祖父が言った。

「なぁ、かなめ、いまから消すぞ」

「なにを」

「全部だ。人間消失の魔術を知っているか」

「ニンゲンショーシツ？」

「そう、鳩のように人も消す」

「誰を」

「俺だよ。消えるにふさわしいのは、どう考えても、魔術師のこの俺だろ」

いつもはすき間をつくるほどしか開けないトランクを大きく開いて、ショールをひっぱり出した。ショールというのは、大がかりなマジックの時に使う、テーブルも包めるほどの大きな布だ。祖父は床にしゃがみこみ、それをかぶった。

「イー、アル……」

途中までかぞえて、ショールから顔を出す。昼近くになってしぶしぶふとんから抜け出てくる時みたいに。

「どうも調子が出ないな。伴奏がないせいか」

祖父のカセットレコーダーは少し前に壊れてしまっていた。父からわずかなお小遣いを貰って暮らしている祖父は、買い換えることができずにいたのだ。

「わたし、歌おうか」

「そうしてくれるか」

「オリーブの首飾り？」

「それでいい」

ちゃらららららん。ちゃらららららら。わたしは歌った。最初はふざけ半分だったけれど、祖父が大真面目な顔でショールをかぶり直したから、途中からは真剣に。ちゃらららららら、ららら、ららら、あらら。

「ねぇ、まだ？」

いくら歌っても、ショールの中には祖父の長っ細いシルエット。

「もう少しだ」

ちゃらららららん。ちゃらららららら。ねぇ、まだ？　もう一度声をかけようとして、やめた。布にかたどられた祖父の肩が震えていたからだ。

しばらくして、祖父がショールから出てきた。やれやれ、大汗をかいちまった、と言わなくてもいい独りごとを呟いて拳で顔を拭《ぬぐ》いながら。わたしに照れ笑いを向けてから、ショールをしげしげと眺め、裏返してまた眺めて、自分はどこで失敗したんだろう、というふうに首をかしげた。

「難しいもんだな」

2 アル

祖父の葬儀はこの家で営まれることになった。予定していた斎場に空きがなかったことがいちばんの理由だが、「たいして人は来ないだろう」という父の意見に、姉や兄がとくに異を唱えなかったせいでもある。

母親は遺品の整理を始めている。わたしはアルバムの中から遺影に使う写真を探す。トランプのジャックみたいな横顔を選んだ。

「だめだよ、こんな写真。ちゃんと正面を向いてないじゃないか」

大げさにしたくないと葬儀屋さんには話していたくせに、父はさっきからお葬式の段取りのひとつひとつに、柩《ひつぎ》の材質や祭壇を飾る花にまで、口うるさく注文をつけている。でも、わたしにはその写真しか考えられなかった。祖父が最後のステージに立った時に撮ったものだ。金ラメの蝶ネクタイをして、タキシードを着ている。

赤ん坊を抱いた姉が助け船を出してくれた。「あの人らしくていいんじゃない」そのとたん、昔から姉に弱い父が黙りこむ。

祖父の最後のステージは、わたしが小学六年生の時。地域の子ども会の催しのゲストとして招かれたのだ。依頼が来てから本番まで一カ月以上あったのに、祖父は大はりきりで、毎日毎日練習に明け暮れた。「かなめに恥はかかせられんからな」よせばいいのに腕立て伏せまでして腰を痛めて。

当日のわたしは、自分が舞台に立つみたいに緊張して、祖父の出番を待った。

「さて、続きまして、ジェームス牧田さんの手品です」司会者に紹介されて祖父が登場すると、みんながざわついた。

「あのひと、知ってる」

「かなめのおじいちゃんじゃない？」

「うん、そう」

最初の出し物はチャイナリング。顔より大きな四つの輪が、二つずつつながったり、ひとつながりになったり、一瞬のうちにばらばらに戻ったりする、祖父の得意技のひとつだ。拍手と歓声に、祖父はもともとしわだらけの顔を、さらにしわくちゃにして、胸をそびやかせた。わたしも誇らしかった。なにしろ、いつもはこのステージを独占しているのだから。

続いて、ハンカチのマジック。わたしには見慣れた技だが、タキシードの胸につけていた薔薇の造花がハンカチに変わっただけで、みんなは驚きの声をあげた。

でも、その歓声はすぐにざわめきとひそひそ声に変わった。

祖父のぶかぶかのタキシードの深い襟《えり》ぐりの奥から、鳩が顔を出して客席に目を丸くしていたのだ。優秀だったクックルはすでに死に、祖父を「ドードー鳥の生き残り」と嘆かせていたポロッポも年老いて、長い時間おとなしくしている体力がなくなっていたのだ。

祖父だけが気づいていなかった。だからその後、首尾よくハンカチから鳩が出てきたのに、拍手がおざなりなことに首をかしげていた。祖父の肩ではなく、司会者の肩に止まってしまったポロッポも首をかしげていた。

最後に、客席から一人を呼び、選んだトランプを当てるマジックを披露した。心配だった。わたしに最初に見せたこのマジックを、祖父はときどき失敗するようになっていたから。

悪い予感はあたった。相手が選び取ったのは、ハートのジャックだったのに、祖父はスペードの7を出してしまった。

「なんだ、インチキじゃん」

「かなめのじいちゃんだろ」

「うん……そう、かも」

「イカサマジジイの孫か」

「かなめもイカサマだ」

大当たり。わたしはイカサマだ。その頃のわたしは、家でも学校でもイカサマをしていた。自分の本当の気持ちをマジックの種のように隠して、いい子のふりばかり。

中学校でのわたしは、タキシードの中の鳩だった。明るすぎる周囲に首を縮めて過ごし、けっして自分の種明かしをしなかった。

生まれついてそういう性格なのかもしれないし、触れてはいけないテグスを張りめぐらせた家で暮らしているうちに身につけた処世術なのかもしれない。わたしが中学に上がった年に、兄も家を出た。高校時代の兄は母親とは打ち解けていたように思えたのだが、それは長距離レースの見えてきたゴールの前で勝者が観客へサービスする投げキッスみたいなものだった。そして、「本当の親子ではないけれど、そこそこうまくやっている子ども」の役はわたし一人が演じ続けることになった。

中学二年の三学期。風邪をこじらせて、何日も学校を休んだ。風邪が治っても、朝起きると頭が痛くなったり、お腹をくだしたりが続いて、もう数日休み、体のだるさが収まらなくてさらに一週休み、気づいたら体はどこも悪くないのに一カ月間休み続けていた。飛び込み台から下りられなくなったわたしは、それから学校へ行かなくなった。

ひどいいじめを受けたわけでもなく、先生と特別な軋轢《あつれき》があったわけでもなかった。自分でもはっきりとした理由はわからない。ひとつだけ言い訳するとしたら、学校が嫌というより、毎朝、父と母親しかいない食卓に座るのが苦痛だった。

父は、ただただ怒るばかり。母親はまずわたしを医者へ連れて行き、続いて相談センターへ面談に行き、最後はカウンセラーのもとへ引きずって行った。カウンセラーに「無理《むり》強《じ》いはかえってマイナス」という話を聞いてからは、一転、静観することに決めたらしく、不登校生のためのフリースクールがどれほど楽しいか、有意義であるかを説明したパンフレットを、わたしの部屋の机に置くようになった。

「生きる上で肝心なことは、学校の外で学ぶものだよ」と高等小学校しか出ていないことをむしろ自慢にしていた祖父には「行かなくたって平気だよ」なんて言ってもらえると思っていたのだが、とんでもない見当違いだった。祖父には他の誰よりも叱られた。何度も何度も。

「かなめ、なんで俺が魔術師になったかわかるか。学校へ行けなかったからだ」

もったいない。代わりに俺が行こうかな、なんて冗談とは思えない口ぶりで言うこともあった。そのうちにわたしは祖父の説教の撃退方法を覚えた。こう言えばいい。

「おじいちゃんだって、小学校にしか行かなかったから、魔術師になれたんでしょ」

そのたびに祖父は初めて気づいたという顔をして黙りこんだ。

「そりゃあそうだ」

遺品整理はあっけないほど簡単に終わってしまった。祖父が残していったのは、わずかな衣服と、ほんの少しの身の回りの品と、そしてトランクだけだったから。

そんなものどうするのかとみんなに訝《いぶか》られたけれど、約束どおりトランクはわたしが受け取った。さっきはかってみたら、わたしのひとさし指の長さは、六・七センチ。祖父に似ず、短いままだったけれど、ぎりぎり合格ラインだ。

改めて持ってみると、トランクはずしりと重い。厚い革で覆われ、角張った四隅には金属製の補強具がついている。こんなものを手荷物として持ち歩いて旅をしていたなんて信じられない。わたしはよろけながら部屋に運んだ。

鍵のありかは心配していなかった。かなり自信がある。わたしは母親が、最後の装束として着てもらったらどうかと父に相談して、反対されていたタキシードの袖を探った。

ビンゴ。魔術試験、一発合格だ。祖父のタキシードの袖の内側には思ったとおり、手から出現させるカードやコインを隠す袋が縫いこまれていた。

トランクを開けると、懐かしい匂いがした。祖父がトランクを開くたびに部屋に漂った、錆《さび》と革の匂い。かすかに混じるお香に似た匂いは、上海の街の匂いかもしれない。

トランクの中にはマンションの間取りさながらに細かな仕切りがあって、さまざまな道具が部屋割りをきちんと守る住人みたいに収められていた。

両方とも表面のコイン。一見、硬そうな素材に見えるけど、握りこむと手の中で小さくなるスポンジボール。伸縮自在のマジックスティック。大小何枚ものシルクのハンカチーフ。万国旗。縄抜け用のロープ。チャイナリング。

チャイナリングは完全な四つの輪ではなかった。ひとつの輪だけ一カ所が欠けている。常にここを握って、つぎ目のない輪に見せるのだ。四つのうちの二つは最初からくっついていて、これもつなぎ目を熟練の手さばきで隠す。

祖父には黙っていたけれど、だいぶ前からわたしにはわかっていた。内緒でトランクを開けたことは一度もなかったが、なにしろ時間はたっぷり余っていたから、マジックに関してはいろいろ調べている。八十五歳を過ぎてからの祖父はよく中身をトランクに入れ忘れることがあったし。

四つのチャイナリングはどれも新品みたいに磨かれて光っていた。母親におじぎをするようになっても祖父は手入れを怠ってはいなかったのだ。もちろん、いつかまたステージに立つ時のために。

右隅の仕切りの中では、磁石付きの陶人形のカップルが永遠のキスをしていた。トランプは何種類もある。これの秘密もすでに知っていた。市販のトランプよりはるかに複雑な裏面の絵柄の中に、数字やマークを知るための手がかりが隠されているのだ。祖父のお気に入りの蔓薔薇の花柄のトランプの場合、蕾《つぼみ》の下の葉っぱの位置でマークが、葉脈の数や配列で数字がわかる。そのカードさえ覚えて並べれば、相手が指でどこに線引きをしても、そのカードが入っていない側を片づけてしまえばいい。当たりのカードは最後の一枚に確実に残る。

祖父がこのマジックを失敗するようになったのは、きっと老眼がひどくなったから。あるいは絵柄のルールを物忘れするようになったから。

わたしは自分の学習成果を確かめるように、祖父の道具をひとつひとつ点検していった。

どうしても種明かしできなかったものがひとつ。これかな。左側の奥の仕切りに新聞紙でくるんだ大きな包みが収められていた。手に取って厚い新聞紙の包装を解く。

そう、これだ。懐かしい。魔法のランプ。

久しぶりに見るそれは、想像以上に古びている。あちこちで銅のメッキが剝げていた。

六角屋根のかたちの蓋を開けてみた。祖父の魔法の秘密がひと目でわかった。

中学三年生の、本来なら三学期の始業式に出ていなければならなかった日のことだ。わたしはあいかわらず自分の部屋にいて、人間消失に挑戦していた。寝室のベッドの上で、シーツをかぶって。

「イー、アル、サン」「イー、アル、サン」「イー、アル、サン」

何度も呪文を唱えた。もちろん本気じゃない。本当に消えられたらどんなにいいかとは思っていたけれど。ほんのおまじないのつもりで、CDで小さく「オリーブの首飾り」を流していたのがいけなかったんだと思う。祖父に見つかってしまった。珍しく祖父の表情と声は険しかった。

られた。
「そんなことはするもんじゃない」
「冗談だよ」半分。
勝手に部屋に入って来ないでよ、と抗議すると、長い指を指示棒のように突きつけ
「素人が見まねでやるのは危険だ。俺が教えてやる」
「いいよ、マジックなんて」
そんなのに驚いていたのは、学校がこの世のすべてだと信じていた小学生の頃まで
だ。マジックのからくりだってだいぶ知ってしまったし。
わたしは再びシーツを頭からかぶる。シーツの向こうで祖父が黙りこんでしまった。
しばらくすると、静かな低い声が聞こえた。
「よし、わかった。消えたいのなら、俺がやってやる」
祖父はいきなりシーツを引き剝がして、かわりにマジックショールをかぶせてきた。
やれやれ。十四歳になっていたわたしは怒る気力もなく、黙って言うなりになる。自
分より年下の子どもの相手をする気分で。「年を取ると子どもに返ってしまう」とこ
の頃の母親がこぼしていたとおり、祖父は以前にも増して言動が子どもっぽくなって
いたのだ。

「もう一度よく考えてごらん。一度消えたら、戻れる保証はないんだぞ」

「いいよ」やれるもんなら、やって欲しい。

「そうかな。消えたらできなくなってしまうもののことを考えてごらん」祖父が呪文を唱えるように囁きかけてくる。「会えなくなってしまうもの。見られなくなるもの。食べられなくなるもののこと。ほんとうにいいのかい」

わたしはショールの中で首を振った。縦に振るつもりが横に振ってしまった。

「ふむ。じゃあ、消失はやめよう。かわりに変身の呪文をかけよう。昨日までのかなめを消してやる。ここから出てきた時のかなめは、別のかなめだ。いいか」

やれやれ。

「変われ、変われ、変われ、かなめ。変われ、変われ……」

いつまでも子どもだましはきかないからね。そう考えていたくせに、いつのまにか祖父と一緒に唱えていた。変われ、変われ、変われ、変われ、自分。

「なぁ、かなめ、つらい時には、とりあえず」

「やだ。笑わない」

「じゃあ泣け。泣くことと、笑うことは、じつは双子なのさ」

わたしはショールの中で泣いた。祖父がそっと出て行く足音を聞きながら。隣の部屋に戻る足音なのに、わたしの耳にそれはとんでもなく遠くへ行ってしまうふうに聞こえて、あわててショールから飛び出した。

まんざら空耳でもなかった。祖父が母親に他人行儀なおじぎをするようになったのは、その数日後だ。

せっかくの魔術大博士の呪文だったが、わたしが学校へ戻ることはなかった。だけど、祖父の呪文は後からじわじわきいてきた。わたしはその春から、引っ越しセンターのアルバイトを始めた。貯めたお金で、翌年にはトリマーの専門学校に通いはじめた。

来年、学校を卒業したら、しばらく海外を旅するつもりだ。学校では教えてくれない、生きる上で肝心なことを学ぶために。行き先はまだ決めていない。

上海？ それは無理だと思う。なにしろ、もうどこにもない街だから。

3《サン》

酔っぱらった親戚のおじさんが大声で騒いでいる。おばさんたちが可笑《おか》しそうに笑っている。お葬式だというのに。

午後七時半。祖父のお通夜がそろそろ終わろうとしていた。悲しみとは無縁の雰囲気がわたしは気にくわなかった。

「まぁ、かなめちゃん、きれいになっちゃって」

「おーい、かなめ、飲むか？　あ、まだ未成年か」

みんながやけに親しげな声をかけてくるのも。

声はかけてくるけれど、わたしの返事は誰も期待していない。元不登校で、中卒のわたしは、お互いの子どもや孫の学歴や就職先を自慢し合っている親戚一同の腫《は》れ物だから、面倒な部分に触れないように誰もが気をつけているのだ。

お通夜には、父の予想より多くの人が集まった。連絡をしていなかった祖父の最初の奥さんの長男夫妻がどこかから話を聞きつけて、子どもたちと孫たちを引き連れてやってきたからだ。

祖父の遺影が飾られた祭壇の前に食べ散らした寿司《すし》桶《おけ》や気の抜けたビールが並んだリビングが、賑やかだけど、どこかぎくしゃくしているのは、そのせいだ。

魔術大博士のお葬式だ。もっと厳《おごそ》かに送らなければ。わたしはおざなりの声ばかりがかかるリビングを抜け出して、洗面所にある配電盤の下に立った。

魔術師がその気になれば天まで伸びるマジックスティックを使って、わたしの背では届かないブレーカーを引き下ろす。

ぱちり。

ぱちり。

ぱちり。ぱちり。

家中の照明が消えた。うん、これでいい。夜の闇には昼よりたくさんの魔法がある。リビングから騒ぎ声が聞こえてきた。

「おーい」

「停電か」

「誰か明かり」

そう、明かりが必要だ。わたしはリビングに続く廊下へ戻って、張られた鯨幕のすき間をほんの少し開けた。片手にはろうそくの火を灯した魔法のランプ。闇に沈んだリビングにランプを突き出す。祖父の柩が置かれた祭壇の向こうに星空が広がった。

「なになにに?」

「なんだこりゃ」

ランプを軽く揺すると、星がまたたいた。

祖父の魔法のランプの中には凸レンズがしこまれている。ほんの少し出っ張った飾り窓の下には、ガラス板を挿しこむための穴。ガラスには陽画フィルムが貼りつけてある。ろうそくを灯せば、目の前に幻が広がる。そして反対側の窓を手で塞げば、幻がさらにくっきりと浮かびあがる。

わたしは六・七センチの指をせいいっぱい素早く動かして、フィルムを別のものに替えた。

コンクリート製のデコレーションケーキに、大きすぎるキャンドルを突きたてたような、怪しくも美しい建造物。漢字ばかりの看板とネオンサイン。

上海租界の不夜城、大世界《ダスカ》だ。ランプの底に隠れた小さな把《と》っ手《て》で凸レンズを動かすと、幻は大きくも小さくもなった。大人たちが騒ぎ、今日初めて会った伯父さん一家の孫たちがはしゃぐ。

「かなめ……ちゃん?」

鯨幕から漏れる光の先のシルエットがわたしであることに気づいた一人が声をあげると、みんなが黙りこんでしまった。この子のことは見て見ぬふりをするのがいちばんだっていうふうに。

「座興だ。演出だよ。な、かなめ」父が周囲に言い訳するように声をあげている。

ただ一人、わたしを叱ったのは、母だった。

「何してるの、かなめ。悪ふざけはやめなさい」

ごめん。もうやめるよ。ほんとうに、いろいろ、ごめんね、お母さん。もう一回だけ。

フィルムを最後の一枚に替えた。ひとつひとつていねいに新聞紙で包装されていた魔術のタネのガラス板の中でも、特別厳重にくるまれていた一枚だ。

祭壇の後ろの白い壁に、女の人が立った。誰もが声を呑む。こちらへ歩いてこようとしていた母も、立ちすくんで振り返っていた。

横顔を向けた全身像だ。ふっくらしたきれいな顎《あご》。切れ長に化粧をした大きな目。耳の上で髪をおだんごにして、おだんごの下には芍薬《しゃくやく》の花飾り。可愛らしい七頭身を濃色のチャイナドレスで包んでいる。

祖父が亡くなって、ようやく会えた。

祖父の助手にして最愛の人、フーティエだ。

深夜、わたしたちが寝静まってから、こっそり眺めていたのかもしれない。フーティエのフィルムをくるんだ新聞紙だけはまだ新しかった。日付は先月だった。

フーティエがゆらゆら揺らめいて、祖父の柩に近づく。ランプを斜め上に傾けると、フーティエが、すいっと柩の向こうに飛んだ。

レンズを操作して、等身大だったフーティエをほんの少し小さくした。祖父の遺影と同じサイズだ。

ランプの位置を低くすると、フーティエもしゃがみこんだ。

タキシードで正装した祖父の横顔の遺影に、フーティエの横顔を近づけた。

子どもたちが歓声をあげて、それぞれの親に叱られている。

二人は暗闇の中でキスをした。

そのとたん、フーティエが微笑んだ。遺影の中の祖父も。

もちろん、そんな操作まで七十年も前のこのランプではできない。ろうそくの炎が揺らめいたからだと後から人は言うかもしれないけれど、わたしはそうは思わなかった。

やっぱり。

この世に魔法はある。

レシピ

イカのフリッター

顕司《けんじ》の帰りを待つのはいつものことだから、里瑠子《りるこ》は時計を確かめもせず見切り発車で夕食の準備にとりかかった。

鍋に油を満たし、衣をつけたスルメイカの切り身を投入する。イカのフリッター。顕司はこれをビールのつまみにするのが好きなのだ。

フライでも天ぷらでもイカを揚げる危うさは、キッチンにおける数々の危険と隣り合わせの作業の中でも、一、二だろう。イカは高温を加えると爆発する。そして、油がはねる。

水をよく切ればいいのかも、としっかり切っても、はねる。薄皮を剥《む》いておけばいいと聞いてそのとおりにしても、はねる。

おっと危ない。はねた油が顔面すれすれをかすめてく。今日もスルメイカは元気。昔はとっさに避《よ》けられたけど、この頃はだめだ。年とともに反射神経が鈍ったのか、体が硬くなっちゃったのか、なんて考えているあいだにも、右ほほ直撃。気をつけなきゃ。顔は女の命だ。「女優ですもの」と、女優ではなく専業主婦だけど里瑠子は呟いてみる。

やっぱり、あれ使お。納戸へ行き、秘密兵器を取り出した。バイク用のヘルメット。息子の祐輔《ゆうすけ》が去年、結婚して家を出た時の置き土産。お嫁さんの美香《みか》さんのために、バイクは卒業してスクーターにするそうだ。私がいくら危ないからほどほどにって言ってても聞かなかったくせに。

ヘルメットをかぶりシールドを下げて、そろそろと鍋に近づき、新しいイカを投入。ひゃあ。はねるはねる。でも平気。にしてもヘルメットって窮屈。いまのコってみんな小顔なのかしらん。

キッチンペーパーを敷いたバットにフリッターを並べる。熱々のひとつをつまみあげた。味見。口もとに運んでから、シールドを下げたままだったことに気づいて上げて、口へ放りこむ。ほふほふ息を吸って舌の上でころがさないと火傷《やけど》しそう。おいしい。

揚げものは揚げたてがいちばんおいしいのに、帰る時間さえ教えてくれれば、これ、食べられるのに、顕司は電話ひとつ寄越さない。食事のことでいちいち連絡するなんて、ちっちゃな男のすること、だそうだ。そんなことをいちいち気にしてるほうがちっちゃな男のような気がするのだけれど。携帯のメールは打ち方も知らない。古いタイプなのだ。博物館に寄贈してしまいたいぐらい。

水に漬けておいた切り干し大根がいい具合にふやけてきた。アサリもだいぶ前からボールの中でぶくぶくしている。切り干し大根には油揚のかわりにアサリを入れるのが、里瑠子流。切り干し大根をつけ汁ごと茹でているあいだに、にんじんを細切りにする。十分ぐらい茹でてから、にんじんとともに大きめの鍋に移し、朝のお味噌汁の時に多めにつくり置きしといただしと醬油を投入。いい匂いがしてきた。途中でアサリを入れつつ、さらに十分煮る。

メインディッシュはステーキ。いつものモモ肉ではなく、サーロインにした。今日が特別な日だからだ。顕司の誕生日。しかも六十回目。今日付けで会社を定年退職するのだ。

職場の送別会は先週のうちに済んでいるし、定年延長がないとわかったとたん、みんなが冷たくなった、と嘆いていたから、まっすぐ帰ってくるはずなのだけれど、玄関チャイムはいっこうに鳴らない。遅くなる時にはさっさと先に食べてしまうのが常なのだが、今日は帰るまで待つつもりだった。

肉と一緒に焼くにんにくを刻み、つけあわせのいんげんを茹でてしまうともう、里瑠子にはすべきことがなくなった。元の材料にお金のかかる料理ほど、手間がかからない。なんだか不公平だ。人の世の習いを見る気がする。久しぶりに来てやったぜ、っていう大きな顔でパックの中にどでんとおさまりかえっているサーロインと、鍋の中でまだぶつぶつ言っている切り干し大根を右目と左目で眺めて、里瑠子はイカの匂いのため息をつく。切り干し大根の火加減をことさら慎重に調節してやってから、二個目のフリッターを口に放りこんだ。

もう一品つくろうか。どうせ暇だし。背後のカウンターに向き直り、食器棚の左下の戸を開ける。二回しか使っていない餅つき機をブックエンドにして立てかけてある、家計簿や家電の取り扱い説明書などなどの中から、レシピノートを取り出した。

模造革の表紙のバインダーノート。結婚する前から使っている三十余年モノだ。ページを継ぎ足したり、切り抜きやメモを張ったりしているから、厚さはふろふき大根並み。ページの断層の、醤油がたっぷり染みこんだような色合いも似てる。ところどころに本物のお醤油やケチャップのしみが飛んでたり、焼け焦げ痕がついてたり、ずいぶん汚れてはいるが、これは里瑠子のバイブルだ。もし火事になったら、通帳とアルバムとこのレシピノートだけは持って逃げたいと思っている。

日々のメニューに迷った時にはよく、目を閉じて、えいやっと開き、指さしたところのをつくったりしている。えいや。

ビーフシチュー。いやいやいや、これはない。せっかくのサーロインをシチューにするなんて、クロマグロを照り焼きにするようなもの。えいや。

アジのカルパッチョ四川風。なんでこんなの切り抜いたんだっけ。えいや。

チャーハン。

これもないでしょう、と閉じかけた手が止まった。

冷凍した残りご飯が大量に余っているのだ。明日の昼はチャーハンにしよう。明日からは毎日、顕司もお昼ご飯を食べるのだ。朝の残りものとか、焼き芋一本とか、ケーキ二個とか、太極拳のスクール仲間を誘ってランチ、なんていうわけにもいかなくなる。うむ、めんどくさい。

チャーハンには数ページが割いてあって、一ページごとに二、三品のメモや切り抜きが残っている。どれもかなり初期の、まだ料理に日々気を張っていた頃のものだ。いまではチャーハンをつくる時にいちいちレシピなんて見ないし、具も冷蔵庫の中にあるもので済ませている。

最初のページのいちばん上は、卵とネギのチャーハンだ。『玉子を先に半熟まで炒め、いったん取り出して、ご飯を炒めている途中で入れると、玉子がカタくならずにしっとり』なんて、若い頃の角張った文字で丁寧にメモが書かれてる。里瑠子は、いいのいいのそんな面倒なことしなくても、中華鍋の上らへんに卵を寄せとくだけで、と昔の自分に声をかけてあげる。

懐かしい。キッチン用の折り畳み椅子に腰を落とし、カウンターに頰杖をついた。東京へ出てきて、独り暮らしを始めた頃はチャーハンばっかりつくってた。あの日々を思い出すと、刻んだネギが焦げる匂いや、油がはねる音まで蘇《よみがえ》ってくる。夕立によく似た音だ。

魚肉ソーセージのチャーハン

里瑠子が福井から上京したのは、三十九年前、大学に入った年だ。初めて暮らした部屋は、中央線沿線の駅から歩いて十分の四畳半。

お風呂がなく、電話もない部屋だったけれど、当時はそれが普通。女の独り暮らしだから共同のトイレや炊事場はまずかろうと両親が無理をしてくれたのだから、人並み以上だったかもしれない。

ずっと憧れていた東京暮らしなのに、上京したてほやほやの、赤いほっぺたから湯気が出ていたかもしれない最初の一、二カ月は、福井へ逃げ帰りたくなった。キャンパスも街中もおちおち歩けなかった。自分の服やヘアスタイルが子どもじみてないか、田舎くさくないか、それればかり気になって。たまに誰かと話していても、訛《なま》りに気後れして無口になった。標準語だと信じていた言葉が福井弁だったとわかったりしたら、もう、てっかまっか。

アパートで過ごす時間がたっぷりあったから、それまで母親に「少しは覚えなさい」と小言を言われていた料理をきちんとつくった。十八の娘には独りの外食なんてできなかったし、お金もなかったし、なにより自分にはすべき用事があることを確認したかったのだ。

独り暮らしには大きすぎる炊飯器でご飯を炊き、二、三食に分けて食べる。それでもたいてい余ってしまい、残りご飯をチャーハンにした。もちろん中華鍋などなく、つくるのは小さなフライパン。火力が足りないから、かんかんに空焚《からだ》きしてから油を引いた。

地元に近い京都の短大へ進ませたがっていた親に逆らって里瑠子が東京の四年制の大学を選んだのは、出版社に入りたかったからだ。文章を書いたり、イラストを描いたりするのが好きで、女子高時代も、体育祭より文化祭で目立つ少女だった。

五月が終わる頃、大学の教室と、ゴマ油の臭いの四畳半を往復するだけの生活を変えたくて、サークルに入ろうと考えた。第一候補は現代文化研究会という名のサークル。勧誘チラシの『学生による学生のためのミニコミ紙発行！』という一行に惹《ひ》かれたからだ。ネギと卵のチャーハンを口に運びながら、アパートに持ち帰ったチラシを何度も眺めて、白紙の裏側まで眺めて、迷った末に部室へ足を運んだ。

文化部が集まる建物はひどく古びていて、お化け屋敷のようだった。「あれ、君、絵がうまいね。表紙、頼んでもいい？」「なんだ記事も書けるじゃない。わたしと取材に行かない？」楽しかるべきサークル活動の日々を空想して、引き返したくなるのをこらえ、生唾《なまつば》を何度も呑みこんでからドアをノックした。

扉は汚いけれど、中はきれいに片づいていて、おしゃれな男女が、時代やファッションについて語り合っている、なんて想像はあっさり裏切られた。正面にセミロングだった里瑠子より髪の長い眼鏡の男が座り、どんぶりでチキンラーメンをすすっていた。カップヌードルはまだ世の中になかった。登場するのは、もう少し後、この年の秋からだ。

左手の棚には『あしたのジョー』の単行本がずらり。右手の壁にはチェ・ゲバラの肖像が飾ってあり、正面の窓をベニヤ板で閉ざした壁には『反動マスコミに死を！』というペンキ文字が躍っていた。

学生運動の残り火がまだくすぶっている時代だった。里瑠子の大学でも、キャンパスのそこここに大学や体制を批判する立て看が置かれ、革命を唱える赤い文字があちこちの壁に書きつけられていた。

入る場所を間違えたと悟った里瑠子は、眼鏡男に水呑み鳥みたいなおじぎをして踵《きびす》を返したのだが、振り向いた先にはドアがなく、かわりに背の高い男の胸があった。

「お、新しい同志か」

折悪《おりあ》しく、別の男が部室に入ってきたのだ。ひょろりとした体、天然パーマの長い髪。しかもそれは現代文化研究会の部長だった。

抱えられるように部屋へ押し戻された里瑠子は、登山用のアルミカップに入ったインスタントコーヒーを手渡され、資本主義社会の腐敗と革命後のユートピアについての話を延々と聞かされるはめになった。いつのまにか部員たちに囲まれていた。「お前はこのままでいいと思うか」と問われて「いい」とは言えなかった。「初対面なのに、お前呼ばわりしないでください」とも。一週間後にはヘルメットをかぶって、沖縄返還協定阻止のデモに参加していた。

現代文化研究会の所属する派のヘルメットの色は黄色だったから、部長のお古のぶかぶかのヘルメットを両手で押さえて機動隊の隊列を丸い目で眺めていた里瑠子は、飼育箱から落ちたひよこのようだったと思う。

部長は仲間たちから、テラさんと呼ばれていた。本名とはなんの関係もない。実家が熊本のお寺だからだと、後になって本人から聞いた。

学校が夏休みに入り、デモ焼けした顔をファンデーションで隠して、実家へ帰省しようとしていた前の日の夜だった。テラが突然、里瑠子のアパートにやってきた。顔と片足にケガをしていた。内ゲバにやられた、そう言って玄関に倒れこんだ。

傷薬なんてなかった。コンビニのない時代だった。生理用品をこっそり切り刻んで、取り出した中身で傷口を覆い、セロハンテープで止めた。

頬のすり傷に生理用品を貼っている時、いきなり肩を抱かれてキスをされた。素直に受けたのは、過激な活動家として周囲から恐れられていた男のつり目がちの奥二重が、傷ついた捨て猫みたいに頼りなく、可憐《いじら》しく見えたからだ。そしてなにより、それがテラだったから。気がついたら、里瑠子のほうも抱きしめ返していた。

　初めて男と寝た翌朝につくった料理も、チャーハンだった。冷蔵庫がなく、残りご飯がまだ平気かどうかを、匂いを嗅いで確かめた。里瑠子の初体験を祝福するように、卵が二つだけ残っていた。ネギはいくらでもあった。焼豚のかわりに、帰省前の最後の食事のおかずにするつもりで、一本だけ取っておいた魚肉ソーセージも使った。

　魚肉ソーセージを五ミリ幅の半円に切り、多めの油で揚げていったん取り出す。自分だけのチャーハンの時は、そんな面倒な手間はかけたことがなかった。なんだか昨夜の出来事の続きのように陶然としたまま、フライパンを握りしめていた記憶がある。背中に感じるテラの視線が熱かった。

　小さなテーブルに二つの皿を並べただけでどきどきした。本当は案外に大食いなのに、自分の皿を小盛りにする自分が誇らしかった。あの時代に写メールがあったら、しっかり撮っておきたい風景だった。

　料理中に後ろから抱きすくめられたせいで、ネギが焦げすぎてしまったのだけれど、テラは唇の傷に顔をしかめながら、「おいしい」と笑ってくれた。食後のキスはゴマ油の匂いがした。その時の高揚はいまでもときどき思い出す。魚肉ソーセージのビニール包装を剝いている時なんかに。剝いたソーセージに頰ずりしてしまうこともある。

その日からテラは、それこそ本当に懐《なつ》いた野良猫みたいに、里瑠子のアパートをねぐらにするようになった。同棲というわけでもない。数日泊まると、ふらりと出ていき、その数日後にまた戻ってくる。そんなことの繰り返しだった。だからその夏は「サークル活動が忙しい」と言いわけして、不審に思ったらしい母親が東京へ行くと怒り出した九月まで実家には帰らなかった。

そんな日々が続くうち、里瑠子の料理の腕はどんどん上がっていった。キャベツと卵のソース炒め。豚ばら肉とピーマンの醬油ソテー。もやしとわかめのスープ。安い素材も工夫しだいでおいしいおかずになることを覚えたのはこの時期だ。レシピノートを買ったのはもうしばらく後だけれど、したためたメモのいくつかは、いまでもノートの中に眠っている。

テラは女性の解放を説く男だったが、料理も家事も手伝おうとはしなかった。九州男児はおさんどんは苦手ばい、とかなんとか言って、寝ころがってランボーとかニザンなんかを読んでばかりいた。留年を続けているテラと違って、一年の里瑠子は「大学解体」と叫びながら授業には出ていた。試験前で忙しい時なんか、アメリカの帝国主義より、九州の封建主義をなんとかすべきじゃないかと思ったものだ。でも、「リルコの料理はうまか」と、つり目を糸にして笑いかけられると、いつも文句が引っこんだ。

里瑠子が入学した翌年、連合赤軍の浅間《あさま》山荘籠城事件が起こると、現代文化研究会は部員の数が急速に減り、活動も滞りがちになった。

二年になった年の六月の午後、製缶工場の早番のアルバイトから帰ると、テラが登山用のリュックに荷物をつめていた。

「警察《サツ》の手が伸びてきた。日本はもうだめだ。俺はネパールへ行く」そう言って。テラはネパールの彼方に地上の楽園があると信じていた。

いま思えば、警察は小物のテラなんか追ってはいなかったはずだ。テラを追い詰めていたのは、うまくいかなくなった運動そのものだったのだと思う。日を追うごとに抜けていく仲間たちに苛立《いらだ》ったテラのこの頃の口癖は、「敵前逃亡断固糾弾」だった。

いつもの気まぐれで、しばらく経ったら戻ってくるとばかり思っていたから、里瑠子は笑って送り出した。「リルコの料理も食い納めだ」なんておおげさなことを言うから、アジの開きを焼き、ほうれん草のおひたしを手早くつくって二人で食べた。外は雨だった。

里瑠子が手渡した女物の傘を突き返して、テラが雨の中を走って消えても、それがテラとの最後の晩餐になるなんて思ってはいなかった。だから涙を流すきっかけを失ってしまった。敵前逃亡断固糾弾！

里瑠子は両手で頬杖をついて、卵とネギのチャーハンのレシピをゆっくり目でなぞる。それから両頬をぱんぱんと叩く。声に出して呟いた。「ビールでも飲もうかな」

冷蔵庫から顕司の500ミリリットルじゃなくて、自分用の糖質オフの250ミリリットル缶を取り出し、またひとつイカのフリッターをつまんで、プルトップを開ける。ぐび。

古いアルバムを手慰みするように、レシピノートをぱらぱらとめくった。手が止まったのは、スパゲッティのページだ。こちらは比較的新しいメモが多い。祐輔が好きだから里瑠子のパスタのレパートリーは十種類ぐらいある。一度しかつくってないものも入れたら二十近く。『アルデンテの見極めのコツ』なんてメモもある。『一本を壁に投げてみる。茹でたパスタが張りついたら、オーケー』その他いろいろ。

噛んでみるのがいちばんだけどね。アルデンテがどうの、カッペリーニはこうのなんて、スパゲッティがややこしい料理になったのは、そんな昔の話じゃないはず。レシピノートでも最初の頃のメモには「スパゲティ」と書いていたのに、途中から「パスタ」に変っている。いつからだったっけね、スパゲッティをパスタって呼ぶようになったのは、なんて里瑠子はお婆《ばあ》ちゃんみたいな独りごとを呟く。ぐび。

スパゲッティナポリタン

三年生の時から就活を始めて、四年生になる前にはもう電気機器メーカーへの入社が内定した祐輔とは違って、里瑠子の時代の就職活動は、大学四年からが普通だった。特にマスコミ系は、他の業種と違って秋に行われる筆記と面接一発勝負、という話だった。実際にどうだったのかは知らない。話を信じていたコたちはみんな落ちている。里瑠子もだ。

一社だけ中堅の出版社の最終面接にこぎつけたのだが、年配の面接官に「結婚しても仕事を続ける気はあるのかい」なんて、女の子扱いしかしていない質問ばかりされたあげくに、不採用の通知を寄こされた。

両親は福井に帰って来いと口をすっぱくしていたが、里瑠子はそうしなかった。「東京でやりたいことがある」そう言って。強く反対されなかったのは、父親が美人で気立てのいい妹に期待しはじめたからだろう。期待というのは、婿取りのことだ。

二人の娘のどちらかに婿を取り、家を継がせる、それだけが父のアイデンティティ。戦前から続く煎餅《せんべい》屋の三代目だった父は、頭の中の柱時計も、戦前で止まっている人だった。

実際にはやりたいことなんてなかった。出版社に就職が叶わなかった時点でもう。ただ、新しい恋人ができたばかりで、彼と別れたくなかった、それだけの理由だった。遠距離恋愛がうまくいかないことは、福井に残った高校時代の友人たちからさんざん聞かされていた。

里瑠子にとって二番目の男とは、四年生になる年の二月に、スキー場で出会った。福井は雪が多いから、じつはスキーは得意なのだが、初心者の友人たちにつきあって、きゃあきゃあ雪まみれになっているうちに「教えてあげようか」と近づいてきたグループの一人だった。

同じ大学三年で年は向こうがひとつ上。仲間からは名前の上の文字をとって、キーやんと呼ばれていて、里瑠子も長くそう呼んでいた。

スキー場で知り合った男と、街で再会すると三割引きになる。というのが当時、女友だちの間で流布する訓言だった。スキーがうまい男は多少不細工でも素敵に見えてしまう、雪景色と旅の高揚が男への採点を甘くする、のだと。

半分は当たっていた。二人きりで東京で会ったら、スティーブ・マックィーンに似てるとユースホステルの飲み会でみんなに評されていた顔だちは、皮ごと茹でたじゃがいもみたいだった。

でも、よく食べる男だった。里瑠子が気に入ったのはそこだ。二回目のデートで入ったとんかつ屋さんで、ライスを二回お代わりした。どんぶりで。しかも食べ方がきれい。米をひと粒も残さないテラに似ていた。

それ以外はテラとはまったくタイプが違う。大学二年生までアメリカンフットボールをやっていて、趣味はスキーとテニスとドライブ。好きな映画は時々の話題作。音楽は荒井由実。

池袋の二番館で自主制作映画に涙し、銭湯の帰りにジョーン・バエズの「勝利を我等に」や岡林信康の「友よ」の鼻唄を歌っていたテラとは大違いだった。湘南へ向けてスカイラインGTで走る助手席で、「ルージュの伝言」を聴きながら里瑠子は思ったものだ。ああ、これが青春。

好きな食べ物もふつう。スパゲッティナポリタンだ。

里瑠子の学生時代、スパゲッティは、喫茶店のランチの定番メニューで、選択肢は、ミートソースかナポリタンしかなかった。しかもうどんみたいにふかふかに太く茹でたやつ。ナポリ市民が知ったら激怒するだろうしろもの。だけど里瑠子にとっては、あれが東京の味、独り暮らしの自由の味だ。懐かしい。苦い思い出も含めて。

キーやんが初めて里瑠子の住む街にやってきた時、料理に慣れているところを見せようと「食べたいものはある？　何でもつくるよ」と得意げに言ってしまったのがいけなかった。彼のリクエストは、スパゲッティナポリタン。

テラは、麺類はラーメン一筋の人だったから、里瑠子にとってスパゲッティは外食メニュー。つくったことは一度もなかった。レシピがないまま、喫茶店での記憶を頼りに、玉ねぎやにんじんやピーマンを買った。

大きな鍋はなく、麺は二つ折りにして入れた。分量がよくわからなくて、ひと束ぜんぶ。茹であがるまでのパスタは、どうしてあんなに頼りないほど少ないんだろう。里瑠子はいまだに茹ですぎてしまうことが多い。

麺がほぐれず、きしめんみたいにくっついてしまったのを指でほぐしているうちに、お餅風に粘ってきた。慌てて味つけをしたのだが、悪い時には悪いことが重なる。ケチャップが切れかけていることを忘れていた。ケチャップのチューブの「ぽふ」という断末魔の音を聞いた時、里瑠子の口はイカリングになった。

500グラムはあっただろうケチャップ味が足りない薄桃色の謎の物体を、キーやんは「おいしいよ」と口では言っていたけれど、最後には涙目になっていた。いいヒトだった。いま思い出すと笑っちゃうけど、あの時は頭の中に失恋ソングのメロディが鳴り響いたものだ。

幸いスパゲッティの出来映えで失恋することはなかったが、結局、キーやんとはキスまでの関係だった。いや、もう少しか。昔の隠語で言うと、Bまで。ありていに言えば、挿入はなし。里瑠子が拒絶したからだ。まだテラのことを引きずっていたのだと思う。キーやんも無理強いはしなかった。ほんとうにいいヒト。拒絶の理由を説明できなかったあの頃の自分に代わって、いまの里瑠子が言ってあげたい。「なにしとんの、あんた。そこをもうひと押しせんと」よく考えると、ちょっと惜しいことをした。

卒業後、里瑠子は出版業界とは何の関係もない、不動産販売会社の事務職になった。財閥系の大手だったから親は喜んだ。キーやんは建設会社に入社し、入ったとたん、地方へ転勤になった。「遠距離恋愛はだちかんよ。距離の遠さは心の遠さだから」友人の不吉な予言通り、キーやんとのことは、就職した年の暮れ頃には、どちらから切り出すともなく自然消滅した。

いまでもときどきピーマンやにんじんを入れた昔ながらのナポリタンをつくること

がある。祐輔は毎度「ピーマンとにんじん、ありえねー」と言うけれど、顕司には好評だ。里瑠子同様、味覚が舌に刷り込みされているのだと思う。

フリッターをまたひとつつまみ食い。イカは大好き。先に揚げてしまったのは、自分が食べたかったからかも。

少しずつ飲んでいた250ミリリットル缶が空いたのに、顕司はまだ帰ってこない。もう一本飲んじゃおうかな。

里瑠子は冷蔵庫から新しい一本を取り出し、冷たい缶を頬に押し当てながら、レシピノートを繰る。いつしか指は手づくりケーキのページを探していた。

カレー味のパエリヤ

出版関係の仕事がやっぱり諦めきれず、会社に入って二年目の秋に、エディター養成学校に通いはじめた。週一回、夕方からの専門学校。受講生はみんな、里瑠子の会社の同僚たちとはあきらかに人種が違っていた。転職をめざすスーツ姿もちらほらいたが、男は大半がジーンズと、ダウンベストかダウンジャケット。女の多くはお嬢さんっぽいニュートラファッション。当時流行の服だ。なにより全員が、自分は人とは違う、という防御壁のような自意識を身にまとっていた。

　授業は格別面白いものではなかった。出版業界の概況、マーケティング理論、レイアウトや校正の実技。講師たちが言葉の端々で語る現場のエピソードが唯一楽しかった。「これからは女の時代。女性編集者が活躍する世の中になります」という講師の言葉に、受講生の三分の一を占めていた女たちは大きく頷いたものだ。髭面のその男性講師が、有名女性誌の編集長であることに首をかしげつつ。女たちはみんなアンアンかノンノの編集部に入りたがっていた。狭き門どころか、門の鍵穴ぐらいの可能性を夢見て。

　講座の帰りはたいてい飲み会になった。学生が多く、二十四歳になっていた里瑠子は飲み会のメンバーの中では、上から数えたほうが早い年齢だった。六、七人、多い時で十人近くが集まるその輪の中に、ポパイがいた。

　ポパイというあだ名とはうらはらの痩せっぽち。創刊したばかりの雑誌ＰＯＰＥＹＥ《ポパイ》を信奉し、人生の教科書にしていた。ＰＯＰＥＹＥのファッション特集そのままの服を身につけ、ＰＯＰＥＹＥで紹介されたスポーツに熱中する、わかりやすい男。工業高校を卒業して鉄工所に勤めていたが、遠からず自分が売れっ子のフリーライターになれると信じていた。里瑠子より二つ半下の二十一歳だったが、酒の席では誰より饒舌で、今回のPOPEYEの特集は方向性が間違っているだの、月刊誌宝島はそろそろライターを変えたほうがいい、なんて編集長みたいな顔で熱く語っていた。

初対面からしばらくの間は、いい印象がない。世間知らずの生意気な子だと思った。でも、里瑠子は毎回、他の誰より彼の雑誌批評や彼の夢を聞くはめになった。ポパイと住む家が近く、たまたま帰りの路線が一緒だったのだ。

だけど恋は、そうした偶然だけで成立してしまうことが往々にしてある。つきあいはじめたきっかけは単純だ。

スナックで語り足りなかったらしいポパイに飲み直さないかと誘われて途中下車し、意外にも話が弾み、終電を逃し、彼の家に泊まった。次の次に泊まった時に、寝た。それだけ。レシピノート三行分ぐらいで語れる。とはいえ、ポパイとはそれまでの男より長く、まる二年続いた。

レシピノートをいくら手繰っても、ポパイのためにつくった料理は、どこにも残っていない。下の世代だった彼は、女の手料理を求めないタイプで、二人で食事をするとしたら雑誌で紹介された評判の店だった。お金はワリカンか里瑠子が出した。

収入と相談しない買い物をしてしまうポパイは常に金欠状態で、出かけるお金がなくなると部屋で過ごしたが、場所はたいていポパイの家。ろくにやりもしないサーフボードを飾った西日のあたる六畳間だ。「自分を含めたライターが結集して会社をつくり、世間を驚かせるような雑誌をつくる」六畳間からあふれ出そうなポパイの夢にいつも里瑠子は、子どもをあやすような相槌《あいづち》を打っていた。

ときおりポパイは手料理をふるまってくれたが、どれも見事にまずかった。女でもそうだが、理想の自分と、現実の自分との距離の遠さにうまく気づけない人間は、たいてい料理が下手だ。

里瑠子がポパイのために何かつくったとしたら、つきあいはじめて二年目の二月の、手づくりチョコレートケーキとパエリヤぐらいだと思う。

バレンタインデーに女が男へチョコを贈る風習が過熱しはじめた頃で、里瑠子自身が手づくりケーキをつくってみたかったこともあるし、ポパイが編集プロダクションの面接に落ち続けて珍しく落ちこんでいたから、慰めてあげようという気持ちもあった。その時は里瑠子の部屋に呼んだ。

就職と同時にお風呂のあるワンルームに引っ越してはいたけれど、オーブンレンジなんて一般家庭にもまだ少なかった頃だ。ケーキは炊飯器に生地を入れて焼いた。

パエリヤもまだ珍しい料理で、二人で横浜のスペイン料理店まで出かけて、一度だけ食べた思い出の味だった。ムール貝のかわりにアサリ。カニは高いからカニカマを使い、サフランの代用に、おそるおそるほんの少量のカレー粉を振った。

炊飯器ではケーキ生地はうまく固まらず、パエリヤは予想通りカレー風味になってしまったのに、いつも素直じゃないポパイからめったに聞けない言葉を聞けた。「ありがとう」

続けてこんな言葉も。

「里瑠子、結婚しないか」

その時も里瑠子は、子どもをあやすように頷いた。承諾ではなく、そういう話はもうやめなさい、っていう意味で。ポパイはライターをあきらめ、故郷の北海道へ戻って仕事を探すと言う。

「はいはい」

里瑠子は二十六になっていた。結婚を考えていなかったかといえば、嘘になる。あ、なんか嫌だ、この言い方。正直なようで本心を隠している感じで。より的確に表現すれば、焦りはじめていた。結婚適齢期がいまより何歳も低く、未婚の女に世間が厳しかった時代だ。職場や学生時代の友人たちが次々と結婚し、一年ほどの間に里瑠子は四回、披露宴に出席していた。そのうちの一回は妹の結婚式。念願の婿を迎えた父は上機嫌で、実家からの電話が少なくなっていた。

でも、何かの穴埋めにプロポーズされるのは嫌だった。不安もあった。思い込みの激しいこの男と一緒になっても、先が見えない気がした。「高卒だから、俺を相手にしないんだ」すべてを高卒のせいにするポパイに、違うとも言えず、励ます言葉も思い浮かばなかった。

ポパイと一緒になってたら、どうなっていただろう。時々思うことがある。昔の彼女の写真を長く隠し持っていた顕司のように、過去の人を記念のトロフィーさながらに心の中へ飾ることは里瑠子にはないが、レシピみたいに、忘れそうになると取り出して眺めることはある。ポパイの場合、比較検討材料を突きつけられてもいるし。

何年か前、通販雑誌をぱらぱら眺めている時、『旬の人』というインタビューのページでポパイを見つけたのだ。

痩せっぽちだった昔に比べたら、ずいぶん恰幅《かっぷく》が良くなって、額も年相応に後退していたけれど、珍しい名字だし、柴犬みたいな人懐っこい目つきも、見間違えようがなかった。

ポパイは髭をたくわえ、白髪まじりの長髪にバンダナを巻いた、芸術家然とした顔をカメラに向けて笑っていた。鉄工芸作家と紹介されていた。三十年の間に、たぶん苦労していろんなものを捨てて、理想の自分と現実の自分との間に居場所を見つけたのだと思う。

いまさらポパイと暮らしたい、とはもちろん思わないけれど、チョコレートケーキとパエリヤをもう一度つくってあげたい気がする。いまの里瑠子の腕前と、いまなら近所のスーパーでも売っている食材さえあれば、見違えるほどのものを食べさせることができるだろう。赤外線センサー付きのオーブンもあるし。里瑠子のキッチンにはもう何年も使っていない、手づくりケーキ用のパレットナイフやクリーム絞りの口金やハンドミキサーが眠っている。

とろとろ野菜のチキンカレー

顕司が里瑠子のいる職場へ転勤してきたのは、夜行列車で北海道へ帰るポパイをホームで見送った同じ春だ。

第一印象は、良くも悪くもなかった。里瑠子の審美眼的に言えば、ハンサムでも不細工でもなく、前任の主任に比べたら若くて、仕事もできそうだ、というぐらいの感想しかなかった。

ただの同僚として同じデスクの列に並んでいるだけの関係が半年続いたある日、たまたま二人きりで残業をしている時に「映画の券が余ってるんだけど、一緒に行かないか」という古典的な手口で誘われた。

地味な内容でヒット作ではなかったが、ちょうど里瑠子も気になっていた映画だった。

もしや、と思った。予感めいたものを感じた。赤い糸の伝説など里瑠子は信じないが、人と人の間に相性という見えない糸は存在していて、その糸というより送受信をするコードのようなものが、自分と繋がっていない人、ごく細い人とは、長くつきあっていけないのではないか。過去の長続きしたとはいいがたい、男たちとの歴史を振り返って、当時の里瑠子はそんな結論めいた人生観を会得していた。

自説の答え合わせをする気分で誘いを受け、映画を観、食事をし、お酒を飲みに行った。顕司と二人きりで話をしていても、格別ときめきは感じなかった。これも好ましい兆候に思えた。

思えば里瑠子は、男の前ではいつもどこかで緊張していた。テラは先生、ポパイは被保護者。正しいボーイフレンドであったはずのキーやんの前でさえ、そのまっとうさが不安だった。

この頃にはすでに友人の半分が結婚していて、彼女たちは新婚時代のノロケの口が乾くと、まして子どもが産まれると、異口同音にこう言った。「亭主は元気で留守がいい」

そんな諦観のセリフを口にする顔は、皆どこか誇らしげで、自分には手の届かない高みから見下ろされているふうに里瑠子は感じていた。

だから里瑠子も、結婚のなんたるかを知ったつもりになって、息苦しくなるほど思いつめる相手より、一緒にいて負担にならない人こそが、自分には必要なのではないかと考えるようになっていた。もっとストレートに言えば、一時のときめきより、これからの長い人生の満足度。経済的な問題も含めた。

顕司とは映画だけでなく、音楽の趣味も似ていた。カセットテープに吹きこまれたラブソングが、プロポーズのかわりだった。アメリカンポップスが流れる部屋で、好きな料理をつくり、共通の趣味を語り合い、週末はフランスやイタリアの映画を二人で見に行く。悪くない暮らしに思えた。

里瑠子はビールの最後のひと口を飲んで、ふわりと息をつき、缶を握り潰す。

結婚して最初につくったメニューはなんだったっけ。新婚旅行から帰ってきて、ハワイの陽に赤くなった顔で、新居のキッチンとぴかぴかの調理器具と手つかずの食器を眺めまわした時には、時差ボケもなんのその、新しい船で新しい航海へ出る船長になった気分だった。

とはいえ、慣れないコンロやお鍋は使いづらい。料理には慣れているつもりで、料理の奥深さはまだ知らなかった。ほんのちょっとの火加減や調理具の違いで出来映えが違ってしまうことや、つくる量を二人分に増やす時には、単純にあれこれの分量を倍にすればいいってものではないことは、失敗しながら覚えていった。結婚後の三カ月でレシピノートは一センチほど厚くなった。

いくら考えても、新居での最初のメニューは思い出せない。疲れているだろうからと顕司が言ってくれて、店屋物《てんや》を取った気がする。

レシピノートに最初に加えた料理は覚えている。レストラン風のチキンカレーだ。新米主婦には間違いのないメニューに思えた。つくり置きできるカレーは昔からよくつくっていたし、カレールーは多少の失敗に寛容だ。テラと一緒だった頃、肉じゃがや煮物に失敗してカレーに変身させたことが何度もあった。

手間をかけたくてしかたがない時期だったから、野菜は何時間も煮込んでとろとろにした。後から加えた骨つきチキンもスプーンでほぐれるほど柔らかくする。

顕司はスプーンを取るなり、こう言った。

「俺、カレーはじゃがいもがごろごろしてるのが、いいんだけど」

一緒に生活するのは、難しい。どんな男とも。

味覚の好みの違いを、ジョークのネタにできるのは、恋人や婚約者同士だった頃まで。暮らしはじめると、たかが食べ物のことが、時として大問題になる。映画や音楽の流行は移ろい変っても、人間の舌は変えられない。里瑠子がそのことを本当に思い知ったのは、もう少し後だ。

鶏と長ねぎと角餅のお雑煮

結婚した翌年の正月、里瑠子のつくったお雑煮が「これは雑煮じゃない」と顕司に顔をしかめられた時には、この結婚は失敗だったのではないか、と真剣に思った。お雑煮のつくり方は、先々まで必要になると思って、結婚前に福井の実家でじっくり教わってきたのに。

鍋に昆布を敷き、茎を残したカブを載せて火にかける。カブに火が通ってきたら、お餅と白みそを投入。これが里瑠子のお雑煮だ。シンプルなだけに難しい。

もちろんお雑煮に関西風、関東風、その他いろいろ、土地によって違いがあることは知っていた。でも、新妻がつくった初めての雑煮だ。「おお、これが福井風かぁ」なんて喜んで食べてくれると思ったのだ。お餅も福井風の丸餅ではなく四角い切り餅に譲歩したし、里瑠子の実家ではありえない鶏肉も入れたし。「なんだか正月が来た気がしないな」とまで言われた時には、「離婚」という文字が頭にちらついた。

三が日の二日目、向こうの茨城の実家へ行った時、顕司にその話を蒸し返された。四面楚歌だった。福井をまるで未開地扱い。「カブは、株が上がるから縁起がいいそうです」と話したら、義母や義妹に大笑いされた。

「里瑠子さんには、関東風を覚えてもらわないと」すぐさまお義母さんに台所へ連れて行かれ、教習が始まった。お義父さんが「地方によって違うんだから、顕司もぐずぐず言わずに我慢して食え」と言ってくれたのだけが救いだった。「我慢」という言葉は聞き捨てならなかったにしても。三日目に「練習、練習」と囃《はや》されて、関東風というより茨城風のお雑煮をつくった時には、故郷を裏切っている気分になったものだ。

あまり使っていないページの隅っこに貼られた、茨城風のお雑煮のレシピは、この時に熱心に聞いているふりをするために、お土産の包装紙の裏側に書きつけたもの。カツオだしにしょう油のすまし汁、切り餅を焼いてから入れ、鶏肉、細切りにした長ねぎ、ナルト

すっかり変色し、途中でちぎれていて、後は読めない。だからいまでは具は適当に変えている。祐輔もこの味で育ってしまったから、元日にはいつも茨城風をつくる。そのかわり二日目からは福井風だ。顕司はいまだにぶつぶつ文句を言うけれど。

あの時、里瑠子ではなくお義母さんの味方になったことを、顕司は覚えているだろうか。向こうが忘れていても、里瑠子は忘れない。妻は夫を減点方式で採点するのだ。何十年もかけて。

うずらのうさぎ

祐輔が生まれたのは、三十歳目前の八月だった。

昼頃に突然陣痛が来て、福井から来てくれていた母親に連れられて病院へ駆けこんだ。会議を抜けられなかったと言い訳をして顕司が病院にやってきたのは、出産を終

えた夜になってからだ。減点1。

出産を経験すると女は別の生き物に切り替わる。子どもと入れ替わりに、違う何かが体の中に入ってくる感じだ。里瑠子にとって、結婚していちばん良かったと思えるのは、祐輔を産んだことだ。

出産後は子育てのために家にいた。特に続けたい仕事でもなかったし、結婚以来、お局《つぼね》さまとの関係が悪化して職場に居づらくなってもいた。顕司は係長になり、会社も景気がよく、共働きをしなくても生活には問題がなさそうだった。

子どもが出来ると、同じ年頃の子を持つ近所の奥さんたちとの交流が始まる。公園で、幼稚園で。その人間関係は職場以上に複雑だった。特に幼稚園時代。幼稚園のお母さん方は専業主婦が多く、里瑠子も彼女たちも子育てに忙しいといえば忙しいのだが、その大変さの何割かは、子どもを先兵にした、代理戦争の大変さだった。

たとえば幼稚園へ持っていくお弁当。祐輔につくる週三回のお弁当は、頭痛の種だった。お母さん同士の品評会があったからだ。お弁当を写真に撮り、定期的にそれを披露し合うことが、里瑠子が加わっていたグループで流行り出したのだ。最初は遊び半分だったはずなのに、いつのまにか定例活動になり、真剣勝負になっていった。八〇年代後半、みんなが豊かで、お金の使い途を探してあくせくしていた頃。世間では

「お受験」や「いじめ」という言葉が、着飾った美食三昧《ざんまい》の人々と一緒に踊っていた。馬鹿馬鹿しい、と仲間に加わらなければ、祐輔に害が及ばないともかぎらなかった。

あの頃のレシピもまだ残っている。華々しくも苦々しい戦歴として。
①ゆでたうずらの玉子を用意。②爪楊枝（頭）に水をつけてゴマをすくい取り、目をつくる。③にんじん（できるだけ小さく三角に）を口にする。④きぬさや（小）、あればアーモンドスライスを、耳に。
たった一個か二個を入れるだけのうずらうさぎは、手を替え品を替えて週に一度はつくっていたから、夕食のメニューも週に一度は中華丼になった。

冷凍のミートボールに、ミックスベジタブル、以上。なんてお弁当をつくろうものなら、子どもを虐待している母親みたいな目で見られただろう。当時の褒め言葉は「わぁ、愛情たっぷり」「祐ちゃん、幸せね」などなど。本当に競っていたのは、子どもへの愛情とは違うものだった気がする。

祐輔が区立の小学校に進んだおかげで、お弁当やお受験の競争から里瑠子は離脱できたけれど、高校からまた、お弁当づくりが始まった。その時にはもう里瑠子は働いていたし、サッカー部に入っていた祐輔はやたら量を食べたから、見た目は完全に度外視。幼稚園時代の情熱がなんだったのかと思うほど。

育ち盛りの栄養のことを考えると、うずらうさぎは二コまで、三コはデザイン的にカワイクない、なんて批評し合っていた頃のものより、おでんの残り汁でつくった煮玉子をドカンと二つ、のお弁当のほうが、いまレシピを読み返しても、正しい気がする。

フォアグラとトリュフのソテー　キャビア添え

祐輔が小学三年になり、手がかからなくなったのを機に、里瑠子は再び働くことにした。前に勤めていたところとは別の不動産関係の会社。仕事は似たような事務職だったが、九時五時では帰れなかった。まだ消えていないバブル景気の尻尾を誰もがつかもうとしていた時期だったから、会社はいくら人手があっても足りない状態。残業代を含めるといいお給料だったのに、家計はたいして変わらなかった。外へ出るとなると着るものや化粧品にお金がかかるし、食事が外食になったり、値段が高くつく出来合いのものを食卓に出したりするからだ。

勤めはじめて二カ月が経った頃、課長から食事に誘われた。仕事でミスをしたばかりだったから、お説教でもされるのかと思っていたら、連れて行かれたのは、フレンチレストラン。しかも予約済み。二本目のワインが空く頃に口説かれた。

　里瑠子は三十九歳になっていて、ときおりテレビに流れる、裸同然のボディコン姿で扇子を振って踊る女の子たちの映像を、安売りしちゃだめよ、ウエスト六十前半の時期は短いのよ、なんてオバサン臭い冷やかな目で眺めながらも、もし二十代の自分があそこに立ったら、どれぐらいの男を振り向かせることができるだろうか、いや、いま現在だったら、なんて想像をして、出産してからたるみが目立ちはじめたお腹の皮をつまんだりしていた時期だった。

　だから、正直なところ、嬉しかった。四十半ばの課長は、天然パーマの髪をオールバックにした大柄な男で、里瑠子の審美眼的にはストライクの人だった。やんわり拒絶したのに、ワインを飲みすぎてしまったようで、《と》「予約ってある」というホテルについて行ってしまった。

　その夜はうまくいかなかった。男が酒を飲みすぎて、途中でだめになってしまったのだ。結局、それっきり。その後も何度か誘われたけれど、応じなかった。裏切ることができなかったのだ。「もっと早く君と出会っていればよかった」と呟く男の顔にどうしても、もうひとつの顔がオーバーラップしてしまう。相手の奥さんじゃない。

顕司の顔でもない。多感になってきた祐輔の顔だ。

減塩しょうゆ

お義母さんと同居することになったのは突然だった。お義父さんが脳溢血で亡くなった半年後、茨城の家で独りになったお義母さんがお風呂場で転んで、腰を痛めたのだ。顕司は次男だが、茨城県内に住むお義兄《にい》さんのところは受験生を抱えていた。「いまは引き取れない、一時的に預かってくれ」と泣きつかれたら、優柔不断な顕司には断れない。

荷物ではないのだから、一時預かりなんていうわけにはいかなかった。姪の受験が終わっても、祐輔が高校受験の年になっても、結局、お義母さんは里瑠子たちの家で暮らし続けた。

お義母さんが来てから、食卓は一変した。血圧が高いうえに、油っこいものが苦手だから、白身魚やお豆腐、酢の物やゴマ和《あ》え、そんな料理が増えた。一年間で十センチ近く背が伸びていた中学二年の祐輔は不満顔だったが、別メニューにしようとすると、「邪魔者扱いかい」と怒るから、どうしようもない。「男の人たちは足りないでしょうから」と言いわけして、祐輔や顕司には肉や揚げ物などを一品追加し、里瑠子は減塩しょうゆで煮つけた薄味のカレイやサトイモばかりつついていた。

油を使わない薄味にしても、お義母さんはなかなか満足してくれなかった。「濃すぎるよ」「胃がもたれる」「茨城の味じゃない」もう炊事はしたくない、と言いながら、キッチンにはしょっちゅう顔を出し、里瑠子の手際や手順や、食材の無駄についての小言を苛立たしげに口にするのを、生きがいにしているように見えた。

そんな暮らしが九年続いた。お味噌なら、長期熟成こだわり味噌が三回醸造できる年月だ。

後から考えれば、お義母さんも辛かったのだと思う。胃がもたれ、いつも苛立っていたのは、里瑠子の料理や手際のせいというより、お腹に抱えた癌のせいだった。

焼きとうもろこしとイカ焼きと塩辛

お義母さんを看取ったのは、五年前。里瑠子は五十代になっていた。亡くなる前の二年間は仕事を辞め、日々を介護に費やした。癌が胃からあちこちに転移したお義母さんは、小言が減ったかわりに、赤ちゃんみたいにわがままになり、認知症も進んで、さんざん手を焼いたけれど、最後には里瑠子の手を握って言ってくれた。「ありがとう、母ちゃん」

いろいろあったとはいえ、九年間一緒に暮らしたのだ、お葬式の時には涙が出た。だけどきっと、その涙の半分は、自分に対して流したものだと里瑠子は思う。何がどうと指折り数えることはできないが、自分が喪失してしまったものへの涙だ。

四十九日が明けた日、里瑠子はケース買いしてまだ何本も残っていた減塩しょうゆを捨てた。減塩みそも。

おしゃれをして、自分への慰労会のつもりで、一人で銀座へ出かけた。思いっきり贅沢な食事をするつもりだったのだが、どこで何を食べていいのかわからなかった。結局、スカーフを一枚だけ買って戻り、近所のスーパーでとうもろこしとイカと吟醸しょうゆを手に入れ、滴り落ちるほどお醤油を垂らした焼きとうもろこしとイカ焼きを食べた。

いただきものの塩辛も食べた。気づいたら、一瓶全部。

ようやくわが家に普通の醤油味が戻ったと思ったら、おととし定期健診で、今度は顕司が高血圧症と診断された。家系だろうか。お醤油だしのお雑煮に問題があるんじゃなかろうか。

というわけで、冷蔵庫のドアポケットに減塩しょうゆが舞い戻ってきた。ただしいまは、里瑠子用の吟醸しょうゆと二本立てだ。

じゃがいものフライ

キッチンをリフォームしたのは、二年前。顕司は二世帯住宅に建て替えるつもりだったらしい。ひとつが使えなくなったコンロや、ときどき妙な音を立てるオーブンレンジに愚痴をこぼす里瑠子に「それまでは我慢だ」と悠長なことを言っていたのだが、祐輔が美香さんを初めて家に連れてきた日の夜に、あっさり宣言されてしまった。

「一緒に住むつもりはないからね」

里瑠子もそのほうがいいと思う。いくら二世帯住宅でも、一軒に二人の主婦は要らない。二人がどんなに温和で協調性にあふれた女同士であっても。お義母さんみたいに里瑠子もだんだん油ものがだめになってきているし。たぶん、情とか愛とかよりもっと根深い、生物学上のテリトリーの問題なんじゃないかと、里瑠子は思うのだ。

あらら。いつのまにかフリッターがなくなってしまった。揚げ油はまだ戻していない。もう一品、フライをつくろうかな。自分のために。箱いっぱいもらった男爵いもの使い途に困っていたのだ。

揚げ物が苦手になってきたなんて言っても、イカとおいものフライは別。おいものフライはフライドポテトじゃなく、ざくっと八分の一ぐらいに切ったじゃがいもをレンジでチンして、衣をつけて揚げたやつ。

じゃがいも一個でさくっとつくってみた。揚げたてをお塩だけで食べる。うん、おいしい。いっぱいお塩を振ろう。西の人間だから血圧は平気。低くて困っているぐらい。

糖質オフのビールは二本しかなかった。三本目、いっちゃおうかな。顕司のラガーをもらおう。

明日からのことを思うと、なんだかうきうきした。定年延長が認められないとわかったとたん顕司は、これでもう人生が終わるとでもいうふうな暗い顔をしたけれど、里瑠子は明日から新しい暮らしが始まると考えている。結婚して三十年。ずっと背負っていた重い荷物を、大きく万歳をして、放り捨てる気分だった。

とりあえず、朝寝ができる。それを考えるだけで嬉しい。顕司は生活のサイクルを崩したくないとかなんとか面倒臭いことを言って休日も案外に早起きで、しかも食卓に朝食が用意されていないとてきめんに不機嫌になる人だった。メンドリと結婚すればきっともっと幸せだったろう。

これからは文句があるなら、自分でつくってもらおう。しばらく朝寝や昼寝をする生活をして、三十年間の睡眠不足を解消しようと思う。離婚届けに判を押してもらうのは、それからだ。

離婚については、祐輔が家を出た直後から話し合っている。顕司は、祐輔の結婚式に自分の親類ばかり呼んだことを里瑠子が怒っているのだ、一時的な気の迷いに違いない、そんなふうに思いこもうとしているようだけれど、あの人の外面《そとづら》ばかりいい身勝手さをいまさら怒ったってしょうがないし、気の迷いでもない。ずっと前から考えていたこと。もう書類ももらってある。

世間的には不足のない夫だとは思う。暴力を振るわれたことはない。たぶんだけど、本格的な浮気もなかった。でも、これから二十年先も、三十年先も、一緒にいたいかと問われたら、コンロが点火するより早く返事ができる。

ノーだ。勝手かもしれないが、そう決めてしまっている女とは、もう顔を突き合わせて暮らさないほうが、顕司のためでもあると思う。

なにより里瑠子には、どうしても許せないことがあるのだ。

食べる時に、べちゃべちゃ音を立てる癖は許そう。治せない体質的な問題かもしれないから。セックスレスは許そう。こっちももうそんな気も起こらないし。一度だけ発覚した出張先での浮気も許す。こちらも不成功とはいえゼロではないんだし。でも、お義母さんの介護や、祐輔が不登校になりかけた時、育児ノイローゼになった時や、更年期障害が酷くて苦しんでいた時、いつもいつもそばにいて欲しい時にそばにいてくれず、ろくにありもしない用事ばかりつくって逃げ出したのは、許せない。敵前逃亡断固糾弾！

いちばん許せないのが、里瑠子の料理を一度も「おいしい」と言ってくれたことがなかったことだ。もしかしたら、新婚時代に二、三度ごにょごにょ言ったことがあったかもしれないが、おあいにく。里瑠子の記憶にはない。

女イコール料理、料理は女がつくるのがあたり前という化石みたいな発想しかないのだ。女を、料理を、なめてもらっちゃ困る。ひと言でも、感謝の言葉か、褒め言葉があったら、こういう日は来なかったかもしれないのに。

晴れてひとりになったら旅に出るつもりだ。

ネパールへ行こうと思う。一人では不安だから、太極拳スクールの誰かを誘って。レシピノートにはまだまだたっぷり余白がある。自分だけのための、一人分のメニューを増やしていこう。いえいえ、それが二人分になる可能性だって、里瑠子はまだ捨てたわけじゃない。男の人生の大半が定年退職で終わってしまうのだとしても、女の一生はまだ半分ちょっとを過ぎたばかりだ。

玄関のチャイムが鳴った。

里瑠子は立ち上がり、レシピノートを閉じる。そして、コンロに火をつけた。

金魚

七恵《ななえ》が死んでから、世界は色を失った。

空も、マンションの窓のむこうに広がる街並みも、彼女が木目調の家具で揃えた部屋もなにもかも、私の目には半透明の覆いをかけたふうにしか映らない。もちろんそれは視力の異常などではなく、私の脳を覆っているゼリーのような分厚い膜のせいであるに違いなかった。

通りのあちら側で信号が変わったことはわかる。街路の植栽にいつのまにか夏の花が咲きはじめていることも。ただし、それらすべてが頭の表面でのみ処理されるシグナルだ。ゼリーに包まれた意識の奥底には届かない。

おそらく色を認識しようという気力が失せたのだ。なにしろ最近では、息を吐き、息を吸うことにすら、なけなしの力を振り絞っている。いまの私には地球の重力は重すぎ、地表の酸素は薄すぎた。ゼリーの内側からときおり呟き声が聞こえてくる。

「お前も消えてしまったらどうだ」私の独り言とそっくりな声だ。

時間が解決してくれる、と人は言う。それまでがんばれ、と。何をがんばればいい？　誰のために？　どのくらいの時間だ。二年？　五年？　十年？　七恵がいなくなってそろそろ一年が経つ。

必ず治る病気です、と医者は言う。心の風邪にかかっただけだと。ありがたい話だ。七恵の病状を宣告した医者はこう言った。「治癒《ちゆ》はありえないと考えてください」

それでも私はこうして、色のない、息苦しい街を歩き続けている。仕事のためだ。毎朝、岩と同化した一枚貝を引き剝がすに等しい努力でベッドから抜け出し、満員電車へ重い体を放りこみ、喜怒哀楽を失った顔に表情を張りつけ、声に力と抑揚を保つべく心を配り、シャコ貝をこじ開けるように顧客へ営業スマイルを投げかける。精神神経科に通院していることが会社に知られたら、私のデスクはなくなるだろう。

これから行くべき見込み客の家は、次の四つ角を左に曲がった四軒目の、木造軸組二階建て。石綿スレート瓦、サイディング仕上げの外壁。転職を繰り返した末に得た住宅メーカーの営業職は、今年で八年目だ。条件反射だけでなんとか仕事はこなせている、と思う。

α

四十三歳。ほんの少し前まで自分をまだ若いと信じていた。この一年で、三十は年を取った気がする。一日の仕事を終えるともう、老人の足どりでしか歩けない。この頃の私は駅のホームの中ほどを歩く。白線のまぎわを歩いたら、あちら側へ落ちてしまいそうだった。

顧客の前ですべてが同じ色に見える壁紙のサンプル帳を広げ、壁のむこうのくぐもり声に聞こえる上司の言葉に耳を澄まし、その日も一日、まっとうに仕事のできる営業マンを演じ続けた私は、両手で吊り革にすがりつき、その場にくずおれそうな体を懸命に支えていた。

日曜日だった。住宅セールスにとってはかきいれ時でも、車内には終焉《しゅうえん》が近い休日の気だるさが漂っている。空席はあったが、座らなかった。反対側のシートで、レジャー帰りの家族が疲れ果て、だが幸せそうに眠りこけていたからだ。

七恵と二人で暮らした家に、いまも私は一人で住んでいる。駅のホームの続きのような道幅の狭い商店街を抜けた先にあるマンションだ。この時間には、特に日曜は、多くの店がシャッターを下ろし、人通りはまばらになるのだが、今夜は様子が違っていた。

アーケードに光と喧騒が満ちていた。昼でも往来が多いとはいえない通りに、人があふれ、あちらこちらに人垣ができていた。

そうだった。毎年六月、いつからの決まりなのか梅雨真っ盛りの時期に、この商店街では祭りが催される。両側に並ぶ店々がにわか露店を開き、食い物やゲームを安価で提供する、商店会主催の祭りだ。

露店を照らす光が針となって私の網膜を刺す。無数の声がドリルのように鼓膜を穿《うが》つ。私は人ごみがすっかりだめになっている。誰もの視線が私を非難しているように思えるのだ。人々の声がこう言っているように聞こえる。「あいつだけ生きてやがる」「女房の病気に気づかなかったくせに」「奥さん、かわいそう」「いつも勝手ばっかり」

会社への行き帰りや仕事をしている間は我慢できても、世間への武装をようやく解きかけてからの不意打ちはたまらない。息が苦しくなってきた。私の周囲だけ空気が薄くなった。イカを焼く醤油《しょうゆ》の匂いが日に何度もこらえている嘔吐を誘いかけてくる。遠回りになるのを承知で私は脇道へ逸れた。

商店街の脇道に入りこんだとたん、晴れやかな舞台の袖に引っこんだように喧騒が遠ざかり、目の前に闇が戻った。とはいえ漆黒とはいかず、少し先にぽつりとひとつ、露店の灯が見えた。電柱に吊るされたランタンが、小ぶりなビニールプールと、その前にしゃがんだ子どもの姿を照らしている。

ビニールプールの水面はランタンの光を吸いこんでぼんやり輝いていた。それを頭から飛びこみそうな勢いで覗いているのは、浴衣を着た五歳ぐらいの女の子だ。

通りすぎようとした私は、背後からスーツの裾《すそ》を引っ張られた。振り返ると、少女がこちらを見上げていた。誰かからのお下がりなのか、浴衣はぶかぶかだ。

親らしき人影は見当たらない。露店に店番もいなかった。少女は一人きりだった。

声をかけてみようと思ったのは、医者の忠告を思い出したからだ。「藤本さん、もっと人と話をしましょう。仕事以外の話を。誰とでもいいんです」

「どうしたの」

答えるかわりに、少女は私の目を覗きこんできた。丸くて黒い鏡のような目だ。逸らすのはためらわれて私も見つめ返した。人とまともに視線を合わせるのは、いつ以来だろう。

「お母さんはどこ?」

目玉だけ上を向く。幼児が考えこむ時の表情だ。私の声が聞き取りにくいのか。最近、顧客や同僚に言葉を聞き返されることが増えた。声を張って、もう一度聞く。

「お父さんは？」

今度は私を眺めて首をかしげた。知らない大人に怯《おび》えているふうには見えないが、やはり言葉は発しない。迷子か？　てっきり親はすぐそこの表通りにいるのだろうと思っていた。下手に話しかけたことを後悔しはじめていると、少女がもう一方の手を差し出してきた。

朝顔の柄の長すぎる袖から指だけが覗いている。細工物みたいな小さな指先にビニール袋をぶらさげていた。袋には水が張られ、金魚が一匹泳いでいた。

子どもを持ったことはないが、小さな子どもと話す時には目線を同じ高さにするといい、そんな話を聞いたことがある。私がしゃがみこむと、気を良くしたのか、袋をさらに突き出してきた。手に取ってよく見ろ、ということか。

「へぇ。これ、君がとったの？」

私は顔の前に袋をかかげ、目を見開いて大げさに驚いてやった。少女が満足気な吐息をつく。金魚すくいの定番になっている、すばしっこい流線型の種ではなく、丸い胴と長い尾びれを持った金魚だった。

「すごいね」

私が少女に顔を戻したのと、少女が駆けだしたのは同時だった。暗がりから親に呼ばれたらしく、表通りではなく、脇道の奥へ走っていく。

「あ、ちょっと、これ」

呼び止めるより早く、少女は丈が合っていない浴衣の裾をひらめかせて、路地裏へ走りこんでしまった。

すぐに戻ってくるだろうとタカをくくっていたのだが、いつまで経っても帰ってこなかった。

少女の消えた先を覗いてみた。人がすれ違うのにも苦労しそうな路地だ。両側に民家のブロック塀が続いている。どこへ消えたのか見当もつかなかった。私の手には、一匹の金魚だけが残ってしまった。

どうしよう、これ。意味もなく金魚が入った袋を振ってみる。金魚すくいの店まで戻ったが、店番も姿を消したままだ。プールに戻してしまおうかとも考えたが、いちおうは預かりもの。勝手なまねはできない。誰もいない脇道で私はひとり肩をすくめた。

他にどうしようもない。金魚を持って帰ることにした。

α

「ただいま」

マンションの鍵を開け、ドアの中へ呼びかける。声が闇に吸いこまれた。

いつもなら上着を脱ぎ、ネクタイを緩めるやいなやソファへ倒れこみ、しばらく動けずにいるのだが、今夜はそうもいかない。ダイニングの壁から突き出したフックに金魚が入った袋を吊るした。

フックは額の留め金だ。額の中には七恵が好きだった絵が飾ってあった。葬式が終わってすぐに、七恵の服や持ち物と一緒に納戸の中にしまいこんだのだが、フックはそのまま。日に焼け残った壁紙の痕も消せないままだ。

バスルームの洗面器に水を張りかけてから、水道水は良くないのではと思いなおし、キッチンへ向かう。

我ながらキッチンは酷いありさまだ。流しには汚れた食器とカップ麺の容器が幾重もの山となってすえた臭いを放っている。コンロの上には何日前のものなのか思い出したくもない味噌汁の鍋。調理台は空き缶とペットボトルの林だ。

底に中身が残ったミネラルウォーターの2リットルボトルを手に取った。中央のくぼみに鋏《はさみ》を入れ、上部を切り取ると、小さな水槽が完成した。

テーブルに置き、ビニール袋を傾ける。水にくるまれて金魚がするりと滑りこんだ。金魚は親指の先ほどの胴体と変わらない長さの、ドレスの裾のような尾びれをひらめかせて水底近くまで体を沈め、それからゆっくりと浮かび上がった。ペンダントランプをつけただけの薄暗い部屋に、赤い灯がともったようだった。

赤。私は長らく失っていた色を、ひとつ取り戻した。

餌、食うかな。家の中に金魚の餌になりそうなものがあるか考えた。この一年間、私は食欲から完全に見放されている。仕事中に食う昼飯が唯一の食事という日も多かった。冷蔵庫の中には飲み物しか入っていない。

パンがあったな。数日前、休日の昼に近くのパン屋へ行き、バゲットを買った。七恵はここのバゲットが好きだった。二つに割り、バターを塗り、ありあわせのものを挟んでサンドイッチにする。レタス、トマト、チーズ、ハム、ベーコン、玉ねぎ、薄焼き卵。

ありあわせの食材が萎《しな》びたキュウリしかないことを忘れて、バゲットだけ買って帰った私は、ほんの数くちでそれを放り出したままだった。

バゲットを砕いて、手製の水槽に落としてみた。金魚は狭い水の中でせわしなく口を開閉し、えらを動かして呼吸している。最初のうち無反応だったが、そのうちパン屑《くず》をつつきはじめ、呼吸と同じ動きでのみこんだ。

飼おうか。ふと思った。

持ち帰ったものの、金魚をどうするかは考えていなかった。明日から数日間はさっきの脇道を通って駅まで通い、少女にまた出会えれば預かっていることを告げる。確率的にはありえなさそうな可能性を考えていただけだ。この住まいには自分以外の生き物が必要かもしれない。

「達人《たつと》、動物でも飼ったらどう？」七恵の四十九日が終わった時、母親の無神経なひと言に私は怒った。「ペットと一緒にするな」

だが、怒る資格があるほど、私は七恵に愛情を見せていただろうか。気にかけていたろうか。兄夫婦と暮らす母親が、懐かない孫へのあてつけのように可愛がっているヨークシャーテリアへ注ぐ愛情を笑えるか。彼らほど濃密に同じ時間を共有してはいなかった。お互いに依存しあってはいなかった。

自分の世界に色が戻ったことに気を良くした私は、酒を探した。貰い物の白ワインが手つかずのはずだ。目に触れないようにしまいこんでいるうちに、どこに置いたか、場所を忘れてしまった。

　しまいこんだのは目の毒だからだ。薬を服用中に酒を飲んではいけない、と生真面目な薬剤師に忠告されていた。「譫妄《せんもう》状態になる場合があります。相乗効果で意識が混濁してしまうんです」薬が一日二回に増えたいまの私には、事実上の禁酒だ。

　堅いこと言わないで、さ。たまにはいいじゃないか。キッチンの収納棚のいちばん隅でボトルを見つけた。私は即席の水槽をダイニングテーブルのまん中に据え、グラスを用意する。

　四人がけテーブルの壁を背にした左側が私の席だ。反対側にもうひとつのグラスを置き、指二本ぶんほど注ぐ。七恵はワインが好きだったが酒には弱くて、ほんの数くちで顔を真っ赤にした。

　グラスごしに眺めると、赤い金魚が倍の大きさにふくらんだ。私はテーブルのむこう側に声をかけた。

「いつだったっけ。前にもあったよね、こうして二人で金魚を眺めたこと」

α

「へえー、藤本くん、絵うまいんだ」

これが、私が覚えている、七恵の最初の言葉だ。私と七恵は同郷で、見るべきものが湖しかない、すり鉢の底のような盆地の町の高校に通っていた。

同じクラスになった二年生の時、文化祭が近づいた秋だ。美術部だった七恵は旧校舎の裏手で一人、クラス参加の催しの立て看板をつくっていた。当時の私は一年の途中でバスケット部をやめ、クラスの大きな輪にも入れないまま悶々《もんもん》としていた。そこへ行ったのは、教室の隅っこ仲間のいるギター部からも全体練習中とやらで相手にされず、いじけて覚え立ての煙草を吸うためだった。

七恵は群像の絵の下描きをしていた。怒られるのを承知で、落書きのつもりで、看板の隅に勝手に絵を描いた。その時にかけられた言葉だ。七恵によれば、「初めてのわけないじゃない。その前にも話はしてた」そうだが、私は覚えていない。

結局私は、七恵の作業を手伝うことになった。三日間、二人だけで仕上げた看板の出来映《ば》えに同級生たちは驚いていた。駅前の一軒しかない喫茶店で七恵と会うようになったのは、それからだ。

シャガール、モディリアーニ、ピカソ、ダリ、ローランサン。七恵は教科書でしか知らなかった画家たちのことを私に教えてくれた。部屋には彼らの画集が揃っていると言っていた。七恵の家は農家で、父親が古い考えの人だったから、私が彼女の家へ遊びに行くことはなかった。

最初はありがた迷惑に思えた、とんでもない重さの画集を貸してくれた。外国の風景の写真集も。あの頃の七恵は、行ったことのないフランスの話が好きだった。山の底のキャベツ畑の中で、パリを夢見ていた。

そのうち私は自分で画集を買うようになり、スケッチブックに自己流の絵を描くようになった。三年になる前の進路指導の時には、教師に大見得を切った。

「美大に行きます。画家になるんです」

お前になれるわけがない。なったところで飯は食えんぞ。あの頃の教師や親の言葉はすべて、夢や自由の反意語だった。もちろん私は耳を貸さずに、七恵にだけ夢を語った。

「絵、やろうよ。一緒に東京行こうぜ」

父親の気質からしても、彼女の家の経済事情から考えても、七恵には地元で就職する選択肢しかないことがわかっていたのに。懇願する口調で。私の頭の中には、美大のまだ見ぬキャンパスで、二人で大きな一枚の絵を描いている姿が浮かんでいたのだ。彼女は夢と現実の違いがわかっていた。私にはその境目がわからなかった。

当然のように私は美大の試験に落ち、東京の美術大学専門の予備校に通いはじめた。「たいして遠いわけじゃないんだから、しょっちゅう会える。その気になれば日帰りができる距離だしさ」七恵にそう言っていたくせに、夏になるまで故郷へは帰らなかった。予備校で知り合った前衛芸術をやっているグループと親しくなったからだ。

前衛芸術。私にとっては便利な言葉だった。デッサンが下手なことの言い訳になる。解釈の違いを持ち出せば才能のなさを隠せる。初めて女と寝たのは、年上の彼氏がいるのを承知のグループの一人とだ。

夏になり、久しぶりに会った七恵は、肩までだった髪が半年ぶん伸びていた。そういう私も半年間伸ばしっぱなしで、その当時は流行りでなくなっていた長い髪をしていた。大正生まれの七恵の父親と顔を合わせられる風体じゃなかった。

正直に言って私には、七恵の薄い化粧が田舎臭く見えた。あいかわらずモンマルトルやモンパルナス時代のパリ派に傾倒していることも。

東京へ帰る前日、二人で湖畔の神社で開かれていた夏祭りに行った。七恵は待ち合わせ場所の鳥居に、母親のものを仕立て直したという空色の浴衣を着てやってきた。よく似合っていた。長く伸ばした髪も、控えめの化粧も、浴衣に合わせるためだったのではと思うほど。

七恵ははしゃいでいた。痛々しいくらい。金魚すくいをやろう、どちらともなくそう言って、何度もアミを破られた末に、私は二匹、彼女は三匹をとった。

そう、その時に、それぞれの金魚を交換したのだ。その年の私は、水槽を抱えて東京へ戻った。水槽は昆虫観察用で、ろくに世話のしかたも知らなかったからあたり前だが、翌日に一匹、一週間後にはもう一匹が死んだ。奇跡的に残った一匹も一カ月もたなかった。

秋になり、七恵が私のアパートに行きたい、と連絡してきた時には、そうしたほうがいい気がして、ペットショップでよく似た金魚を一匹だけ買った。育っていれば、そのぐらいになっていただろうサイズのものを。

「短大に進学した女友達のところへ行く」父親に嘘をついてやってきた彼女は、私の家に泊まっていった。その晩、初めて七恵と寝た。

結局、二年続けて美大に落ちた私は、デザイン専門学校へ進んだ。

いつのまにかワインボトルが残り少なくなっていた。私はテーブルのむこう側のグラスの減り具合を確かめる。あいかわらずだ。ぜんぜん減ってない。

「そうだよ、あの時だよ。こうして二人で眺めていたのは。こいつは偽物だって、あの時にわかってたの？」

テーブルのむこうから答えはなかった。金魚がもがくように体をくねらせて、十センチ四方の水の中で、ゆっくり反転した。

α

私の頭蓋骨と脳のあいだに存在するゼリーは、朝は特に分厚くなるようで、布団を抜け出すまでがひと苦労だ。

「けっして怠け病などではないのです。症状ですから。ご自分を責めないように」と言われてはいるが、やはり自分が情けない。惰眠をむさぼりたいという欲求とは少し違う。目を開け、体を動かし、新しい一日を迎えるのが怖いのだ。毎朝、刻々と過ぎる時間が私にのしかかって、ベッドに張りつけようとする。

起き上がる勇気を出せずに、寝汗で湿ったふとんをかぶり直していると、白濁した私の頭の中に、ふいに赤い灯がともった。

そうだ、金魚だ。水を替えねば。昨夜、替え水にするために水道水を満たした洗面器をベランダに出しておいた。いくらも朝日は浴びていないだろうが、何もしないよりはましのはずだ。

寝室から這い出て、ダイニングへ行く。

金魚は、体を斜めにかしがせていた。起き直ろうとして、長いひれを力なく動かしている。

ああ、まずい。水が少なすぎたか？　ミネラルウォーターがいけなかった？　バゲットなんかをやったから？

金魚を洗面器に移し替え、パジャマにしているジャージーのまま外へ出た。たかが一匹の金魚のことで私は動揺していた。いったいどこで清潔な水を手に入れればいい？　水槽は？　商店街のはずれにペットショップがあることを思い出した。

祭りの名残のゴミ袋が積まれたその店にはシャッターが下りていた。無理もない。まだ朝の八時前だ。私は突っ立ったまま、割り箸があちこちから突き出たゴミ袋の中の紙コップや紙皿をぼんやり眺めることしかできなかった。

七恵が最後の意識を失った時、私は顧客の家で設計図を広げていた。三十五歳ぎりぎりでの中途入社で、大卒でもなく、建築士の資格もない私が認めてもらうには、実績しかない。私の成績は営業所のナンバー2の位置にあり、その日は年に何度もない大口の契約が取れるかどうかという瀬戸際《せとぎわ》だった。私は内ポケットで鳴り続ける携帯電話の電源を切り、当時は完璧だった営業スマイルを顧客へ投げかけた。

営業成績がナンバー1になった自分を七恵に報告したかったのだ。宣告された余命は日に日に近づいていたが、私は何の根拠もなく、それより早いことはありえないと考えていた。その日を覚悟はしていたが、まだ奇跡を信じていた。

留守番電話で義母の声を聞いた私は、反対車線のタクシーを両手を広げて停めた。雨の日で、道は渋滞していた。途中で車をあきらめ、雨の中をめちゃくちゃに走った。だが、間に合わなかった。七恵の唇はもう呼吸をするだけの器官となり、私に言葉を返すことは二度となかった。

沿線のいくつか先の駅に、朝早くから開店するホームセンターがあることを思い出した。私はまっすぐ駅へ向かう。会社には始業時間前に連絡すればいい。朝はたいてい症状が良くないから、遅刻の言い訳には慣れている。いや、週明けでアポイントのない今日は、欠勤しても問題はなかった。私が仕事を休んでも会社は困らない。なぜそんな当たり前のことに、もっと早く気づかなかったんだろう。

水槽に水を張り、カルキを抜く錠剤を投入した。

横転したまま泳いでいた金魚は、ほどなく体勢を立て直し、なにごともなかったかのようにゆらゆらと回遊を再開した。

午後になってから、もう一度ホームセンターへ行き、底に敷く砂利と水藻も買った。

水槽はダイニングのローボードに置く。絵を飾っていた場所の真下だ。

夏祭りの夜に金魚を手に入れた時、七恵は一匹一匹に名前をつけた。私のアパートの一匹もその名で呼んだ。人間の子どもにもつけられる名前だった気がするが、私はそれを覚えていない。

「おーい、だいじょうぶか、お前」

私は水槽の中の、指先ほどの命に声をかけた。

名前はつけないことにした。死んだ時につらくなる。

α

『山口邸　御見積』と表書きした書類綴りを、あちら側から読めるようにテーブルの上で反転させ、緊張を隠した顔に微笑みを張りつけた。

「いかがでしょうか」

ひたいに上げていた老眼鏡をかけ直した山口は渋い表情だ。

「リビングの拡張って、どうなっちゃったんだっけ」

「いまのご予算のままでいくと、やはり難しいかと」

山口邸は建築面積八十平米ほどの中規模な二階建てだ。たとえ二間の平屋だったとしても、施主に見せる書面には『邸』をつける。新築ではなくリフォーム。景気が悪く、建築資材廃棄の規制が厳しくなったいま、私の営業所の仕事はあまり儲けにならないリフォームばかりだ。

「なんとかなんないかな。ほら、あれの置き場所が、さ」

部屋の隅を顎《あご》でしゃくる。スチール製の台座の上に畳半畳ほどもある水槽が置かれ、ライトアップされた水草が揺らめく中を、幾種もの熱帯魚が群泳していた。アクアリウムというのだろうか、模造岩の岩穴に羽根のようなひれを持つ虹色の魚が見え隠れしている。じつは私もさっきから気になってしかたなかったのだ。これまで山口邸を訪問していた時には、設計上計算に入れておくべき家具のひとつとしか見なしていなかったそれが。

「そろそろ移動したいんだけど、場所が難しいんだよ。直射日光には当てられないし、温度の変化にも弱いし。なんせ狭いから。あなたなんか、会社が会社だから、家なんかも立派なのが安く手に入るんだろうけどねぇ」

鼻先にひっかけた老眼鏡の上から、私があわてて電卓を叩くのを期待する視線を送ってくる。まだ私の会社が施工すると決まっているわけじゃない。テーブルの上には、これ見よがしに他社の見積書が置かれていた。

「とんでもない。私の家は賃貸マンションです」

住宅メーカーに勤務しているからといって、一軒家に住めるわけじゃない。客に一戸建ての魅力とメリットを事例集数冊分の言葉で語りながら、私と七恵はずっとマンション暮らしだった。

二度目の美大受験を失敗した私は、故郷に帰らなくなった。七恵は何度か東京へやってきたが、私たちの会話は会うたびにぎくしゃくしたものになっていった。住む場所と友人が変わったことも理由だったろうが、いちばんの原因はきっと、美大を諦め、前衛芸術のグループにも結局ついていけなかった私に、語る言葉がなくなってしまったことだ。東京の話を聞きたがる七恵の輝かせた目の隅に、私は軽蔑の色がないかどうか探してばかりいた。携帯電話がショルダーバッグの形をした総重量三キロの特殊な機械だった時代だ。週に二、三度はどちらかからかけていた電話は、七恵からの一方通行になり、週に一度のその電話も、そのうち月に一度になった。

一カ月半ぶりの電話で、七恵は言った。「もう電話しないほうがいい?」五秒ほど沈黙してから私は答えた。「そんなことないよ」でも、その五秒の沈黙が別れの言葉になった。

七恵と再会したのは、五年後。故郷の街の観光ホテルでだった。偶然でもなんでもない。小さな町だし、私は七恵がそこのフロントで働いていることを人づてに聞いていた。二人とも二十六歳になっていた。

「飯でも食わないか」七恵の仕事が終わる時間を聞き、私から誘ったのは、特別な理由からじゃない。ただの昔なじみとして話をしたいだけだったはずだ。いま思い返しても、そうとしか言えない。

私はグラフィック・デザイナーになり、小さな広告制作会社に勤めていた。七恵は私の口髭を笑った。「似合わないねぇ」

確かに、似合わない。社員五人の会社の仕事は、デパートのチラシ制作がメイン。しかも私はそこのいちばん下っぱ。自分の仕事の話はあまりしなかった。

七恵のほうが饒舌だった。観光ホテルの裏事情や、奇妙な客たちのエピソード。高校時代の友人の近況。いまでも絵を描いていること。数カ月前に見合いをし、相手の男と何度か会ったという話。

「中学の先生なんだ。びっくりするぐらい真面目な人」

その時、私は、痛烈に思ってしまったのだ。七恵しかいない、と。五年のあいだに二人の女とつきあったが、どちらとも長続きはしなかった。七恵みたいに「達《たっ》ちゃんは勘違いが多すぎ。むりして背伸びしなくても、達ちゃんは平気だよ」なんて言ってくれる女はいなかった。「たぶんこのまま結婚することになるだろう」という七恵の言葉が、私にはさほど幸せそうには聞こえず、「この町から連れ出して」と訴えているふうに思えてしまったのだ。

なぜ、あの時、あんなことを言ったのだろう。酔ったふりはしていたが、まだ酔ってはいなかったはずだ。

「俺、三年後に独立する。デザイン事務所をつくる。七恵ならイラストが描けるし、すぐに仕事を覚えられるよ。手伝ってくれないか」

七恵によれば、その夜の私は、本当に酔いつぶれるまで、夢を語り続けたそうだ。デザイン事務所の間取りをナプキンに描いて。あとでさんざん言われた。「いまでも笑っちゃうよ。覚えてないでしょう。事務所の名前はウルトラセブンにするって。セブンは七恵の七からだって」

七恵は父親の反対を——おそらく相当激しい——反対を押し切って、東京へやってきた。一年後、私たちは結婚した。

「よかったのかな」

頭の中の言葉が口をついてしまったようだ。山口氏が不機嫌そうな声を出した。

「ねぇ、聞いてる？」

「ああ、申しわけありません。出窓のことでしたっけ」

「違うよ、水槽の置き場所」

お茶を運んできた山口夫人が肩をすくめた。

「だめだめ。どうせ場所があったらあったで、どんどん大きくしちゃうんだから」

「お互いさまだろ。お前だって、キッチンにばっかり金かけて。食洗機と冷蔵庫ばっかり大きくして」

七恵はモノを欲しがるタイプじゃなかった。バーゲンやフリーマーケットで見つけた服や小物ひとつではしゃげる女だった。「ほら、見て見て。私にはなぜだかいいものと出会える特殊能力があるんだよ」でも、私は不安だった。会ったこともない、彼女が結婚していたかもしれない男と、ずっと張り合っていた。マスコミの統計にしばしば登場する教師の給与と、自分の給料を比べて一喜一憂していた。

約束より二年遅れの三十一歳で私は独立した。七恵は反対しなかった。わずかな貯金を開業資金に当てることも。むしろ愉しそうだった。「頼むよ、イラストの仕事、ばんばんとってきて。私のほうが稼げるんじゃないかな」

自分に才能も才覚もないことがわかっていながらの見切り発車だった。半年で事実上の休業状態になり、私は給食センターで働く七恵に食わせてもらいながら、暗い穴に似た業務用マックの十九インチモニターの前で売りこみの電話をかけ続けた。売りこみ電話はそのうち、求人募集への問い合わせになった。

「ねぇ、知ってる、新東ホームさん。お魚って、飼ってる場所を広くすればするほど、体も大きくなっちゃうんですって」

山口夫人が夫ではなく私へ語りかけていることに、最初は気づかなかった。

「ほどほどにしないと、きりがないじゃない、ねぇ」

その週のうちに私は、一匹の金魚のために、本格的なエアポンプと濾過器と照明を備えた水槽を手に入れた。場違いなほど大きな水槽を直射日光の当たらないベッドルームに置き、替わりにダイニングには、しまいこんでいた絵を飾った。何かに通じる出入り口に見える額の痕を塞ぐために。

この絵を買ったのは、住宅メーカーに就職したばかりの頃だった。会社勤めのデザイナーに戻ったものの、腕より先にプライドを身につけてしまった私は、どこへ行っても長続きせず、転職を繰り返し、三十五の声を聞く頃には業界での転職先もなくなっていた。いまの会社に入れたのも、当初は契約社員という条件をのんでようやくだった。最初の給料が出てすぐ、すべてが二重にしか映らない十四インチテレビを買い替えに出かけた。その帰り道に冷やかしで覗いたギャラリーで七恵が見つけたのだ。

七恵がいつまでもその絵を眺めていたから、それまで食わせてもらっていたくせに私は偉そうに言ったのだ。「買えば」

十四インチテレビより小さなサイズで、名前も知らない画家の複製だから、たいした値段じゃないのに、自分の給料のほうがまだ上なのに、七恵は何度も聞き返してきた。「いいの？　ほんとに、ほんとに？」罪滅ぼしだよ、というせりふは口にできなかった。

ヨーロッパの街並みの風景画だ。描かれている場所がどこなのか、七恵にもわからないという。いつか行こう。口ばっかりで結局、約束が果たせなかった、パリだろうか。

煉瓦《れんが》づくりの街並みの手前に、いくつものパラソルを開いたカフェテラスがあり、豆粒ほどの人間が描かれている。背景は雲のない空。

青空だ。私は、またひとつ、自分が色を取り戻したことに気づいた。青。

この絵の空、こんなに青かったっけ。東京ではめったにお目にかかれないスカイブルーだった。

絵を飾った壁は、いつも七恵が座っていた場所の真向かいだ。七恵はこの絵の中に何を見ていたのだろう。「楽しくやらなきゃ」が彼女の口ぐせだったが、七恵自身は楽しかったのだろうか。

私は、聞けずじまいだった七恵の言葉を聞きたかった。

金魚は水草の蔭に身を潜めてばかりで、新しい水槽に戸惑っているふうに見えた。

α

病院へ行くのは、会社が休みになる木曜の午後だ。診察といっても問診だけ。ひとしきりの世間話のあとに、そろりとさりげなく本題を切り出すのが、この医者のやり方だ。が、今日は違った。私の顔を見るなり硬い声を出す。

「いけませんね」

「は」

思わず頰を撫ぜた。自分の顔に何かついているのかと。

「薬、きちんと飲んでますか」

医者の渋面が私には意外だった。少し前に比べれば、自分の状態が格段にいいと思っていたからだ。朝起きるのがさほど辛くなくなったし、自分を取り巻く空気の重さに苦しむこともない。失った色も取り戻しつつある。彼が白衣のポケットから覗かせている四色ボールペンの色もわかる。黒と赤と青と灰色だ。

「ええ、飲んでます」

訝《いぶか》ってみせる私の顔を、身を乗り出して覗きこんで、首を横に振った。

「ちゃんと食事を摂《と》ってないんじゃありませんか。ずいぶん痩せたように見えますが」

「いえ、そんなことないです」

嘘だった。この一週間で三キロ減った。たまに食べ物を口に入れても吐いてしまうのだ。だが、だいじょうぶ。私は元気だ。この先もずっと何も食わずに生きていられるのではないかと思うほど。

「調子はいいんですけどね」

「この病気は一進一退ですから。そう感じる時のほうが危ないこともあるんです。気長にいきましょう。食べたいものだけでもいいです。とにかく食事をしてください」

「わかりました」

バゲットを食おう。金魚もあれはよく食べる。私には市販の餌を与えた時より明らかに喜んでいるふうに見えた。

これほど急激に育つものだとは知らなかった。飼いはじめてまだ三週間なのに、金魚は倍の大きさになった。

α

あと数日で七月が終わる頃、課長が所内に一人だけ残っていた私を手招きした。

「藤本さん、だいじょうぶですか」

私を「さん」付けで呼ぶのは、彼のほうが年下だからだ。私のほうは、半年前から上司になったかつての同僚に敬語で受け答えすることに、すっかり慣れていた。

「何がでしょう」

「体の具合」

精神神経科に通院していることは、職場の誰にも話していない。気取《けど》られてもいないつもりだった。住宅業界の長い不況で、大手とは言えない私の会社は、ここ数年ずっと右肩下がりだ。たとえ健康体であっても、いつ肩を叩かれてもおかしくはない。もちろん休職制度はあるが、そんなものを使ったらどうなるかは目に見えていた。

「おかげさまで、悪くはないですね」

そう、悪くない。課長のネクタイの色もわかる。今日は黄色だ。

「最近、遅刻が多いようですが」

金魚の世話があるからだ。つい時が経つのを忘れてしまう。世話をすればしただけ、応えてくれるのだ。この一カ月半で、金魚はこぶし大に成長していた。

「気をつけます」

「それだけじゃない。じつは藤本さんが担当しているお客様から電話があったんです。担当を替えて欲しい、と」

担当を、替えろ、だって？　ああ、あの人か。

「山口さんでしょ。あそこはご夫婦揃ってうるさ型だから。課長もご存じでしょう」

「いや、田中様からです。言葉どおりに伝えると、こうです。声が小さくて聞き取れない。話しかけてもうわの空。ぶつぶつ独りごとを言う。多少誇張して話されているのかもしれませんが、率直に言って、私から見ても頷かざるを得ない部分もある。あなた自身にも、心当たりがあるんじゃないかな、藤本さん」

藤本という同姓の別人の不始末を責められている気分だった。心当たりなどない、と思いたかった。

「一度、ちゃんと医者に診てもらったほうが良くはありませんか」

年下の課長は何もかもお見通しと言いたそうなまなざしを私に向けてから、視線をノルマ達成表が貼られた壁に移動させる。私は周囲の空気が急速に薄くなっていくのを感じた。課長が灰白色のネクタイを締め直しながら言った。

「あなたのためにも、会社のためにも、少し休まれたらどうでしょう」

私は縦に大きく口を開閉して、見えない気泡を必死で呑みこもうとした。

α

特急とローカル線を乗り継いで二時間半。昔に比べると私たちの故郷は東京から近くなり、街並みもずいぶん様変わりしたが、四方を囲む山々のかたちばかりは昔のままだ。駅舎の先には灰色の夏空が広がり、その下に黒々とした稜線がうずくまっていた。

記憶にはないオブジェが建つ真新しいロータリーからタクシーに乗った。実家とは反対方向の神社を行き先として告げる。

駅前から続く閑散としたメインストリートを抜けると、もう目の前は一面の湖だ。いまの季節には、山々の濃い緑が合わせ鏡のように湖面にも落ちているはずだが、私の目に映るのは、水墨画じみたモノトーンの風景だけだった。

湖を周回する道の端に延々と幟《のぼり》が立っている。濃色の中に白地で、ここの地名を冠した「フェスティバル」という文字が躍っていた。

今日は夏祭りの日だ。

兄が誇らしげに話していた。地元住民だけの祭りだった昔と違って、湖畔で花火大会を開催するようになってからは、都会からたくさん観光客が来る。その言葉どおり、神社に近づくにつれ車も人も多くなった。渋滞は苦手だ。一年前の雨の日を思い出してしまう。私は少し手前で車を降りた。

八月の初めから休職している私にとって、ホームセンターへの行き来を除けば、久しぶりの外出だった。私は七十三歳の足どりで神社へ歩く。五百メートルに二十分かかった。

参道の両脇は露店でにぎわっている。着いた時にはもう陽は西へ傾き、神社を抱《いだ》く背後の山が黒い影になろうとしていた。頭上高くに吊るされた提灯《ちょうちん》だけが刻々と輝きを増している。

スピーカーから流れる祭り囃子《ばやし》。群衆のざわめき。売り子の呼び声。提灯の明かり。露店の光。醤油とソースとザラメの匂い。それらが雑然と混じり合った空気に、私は打ち倒されそうになった。

だが、不快ではなかった。二十四年前のとうに過ぎ去った日々に、再び迎え入れられた気分だった。

夜店の風情は二十四年前と変わらない。焼きそばの鉄板が匂いと音で客を誘い、串焼きの屋台が盛大に煙をあげ、射的屋が声をからしていた。綿あめ売りの前では子どもが駄々をこね、カルメ焼き屋は暇そうにし、広島焼きの前には行列ができている。

とうもろこしを二本買った。七恵と二人で食べるためだ。だが、あいにく私には食欲がない。手をつけないまま、自分だけ一杯やることにした。紙コップのチューハイを買い、すすりながら歩く。薬のせいか、半分がた飲んだだけで酔いが回ってきた。

「金魚すくいはどこだろうね」

左の肩先あたりの宙に声をかけた。いくら歩いても見あたらないのだ。水槽が置かれた店はいくつかあったが、浮かんでいるのは、水風船や小さなゴムボール、そうでなければミドリガメだった。長い参道ももうすぐ終わってしまうというのに。

参道が途切れた先、二番目の鳥居のむこうに石段が延びている。中腹の鐘《かね》撞《つ》き堂へ続く道だ。本殿はそのさらに先。神社なのにここに鐘があるのは昔からだ。

金魚すくいは、鳥居の手前にあった。飼わずにすむ水風船や、景品の千円札を背負ったミドリガメに比べると、人気は薄いようで、客はまばらだ。泳いでいるのはほとんどが小赤と呼ばれる流線型の金魚だが、出目金や、私が飼っている琉金《りゅうきん》も何匹か混じっていた。アミを二つくれと言うと、店の親父が怪訝な顔をした。

琉金は動きが緩慢なかわりに、ずんぐりしていて重い。大物狙いの客のアミを破る役目を期待されて入れられているに違いない。たちまち二つをだめにした私は、左手に首を振り向け、苦笑してみせた。

左隣では坊主頭の小学生がぽかりと口を開けて私を見返していた。二本のとうもろこしを入れたポリ袋が急に重くなった。

そこに七恵がいないことは、もちろん薬と酒の併用で混濁している頭にもわかっていた。二十四年前のとおりにやりたかっただけだ。第一、本当に七恵がいたら、むざむざアミを二つも無駄にはしないだろう。

七恵は金魚すくいがうまかった。「コツはね、勝負時が来るまでアミを濡らさないこと。あとは、尾のほうじゃなくて、頭からすくうことなの」おじいちゃん直伝だそうだ。教えてくれたのは、私が二つ目のアミを破られ、彼女がひとつのアミで三匹をとった後だった。

「もっと早く教えてくれればいいのに」私が文句を言うと、七恵は「けけけ」と気持ちよさそうに笑った。

「教えちゃうと、達ちゃん、すぐ私よりうまくなっちゃうから」

あの時の七恵の笑顔はいまでも覚えている。三つ目のアミで私がようやく二匹を手に入れると、耳もとに囁きかけてきた。「鐘撞き堂に行こうよ」あの頃の私たちにとってそれは、キスをしようという意味だった。

自分の病気に関する本は何冊も読んだ。その中にこんな一節があった。

『楽しいことだけ思い出しましょう』

無理な相談だ。いい思い出には、二枚貝のもう一方の貝殻のように、良くない思い出もついてくる。

私たちに子どもがいなかったのは、つくらない選択をしたわけじゃない。できなかったのだ。六年前、結婚して十年を過ぎた頃になって、突然残りくじを引き当てたかのように、諦めていた妊娠が判明した。七恵は三十七になっていた。だが、それは「吉」のくじではなかった。妊娠がわかったのは、子宮ガン検診を受けたからだ。同時に悪性腫瘍も見つかった。

子どもを諦めて、腫瘍を切除する。私はそれが唯一の選択だと思っていた。だが、七恵の結論は違っていた。「産むに決まっているでしょう」会社を辞め独立する時にも笑って賛成してくれた七恵が、この時は私の言葉にまったく耳を貸さなかった。結局、彼女が手術に同意したのは三カ月後だった。私の説得が功を奏したわけじゃない。子どもを流産したのだ。産まれていたら、女の子だった。

それから五年、七恵は病気と闘った。手術をしても、放射線治療をしても、また別の部位で見つかる。くだらないプライドのせいで転職に失敗し続けていた私が、慣れないネクタイを吊るす畑違いの業種に長く留まり続けたのは、入院費用を滞らせたくない一心からだった。

「ちゃんと気をつけてやっていればな、女房の体は旦那の責任だから」「あいつがちゃんと説得しなかったからだよ」「そもそも、あんな男と一緒になっていなきゃね」

「他にいい人がいたのにねぇ」

人ごみのあちこちから私を非難する声が聞こえてきた。そろそろ限界か。もう行こう。

でも、どこへ？

自殺念慮。いまの私の症状のひとつだ。この病気が他人事だった頃には、そこまで病気のせいにするのかと半信半疑だった。だが、事実だ。嘔吐や下痢と同じ。堪えることは可能でも、体の内側で蠢《うごめ》く衝動までは止められない。私が駅のホームの端を歩かないのは、足元がふらつくからじゃない。本当は走りこんできた電車に飛び込みたくなるのが怖いからだ。

出口ではない方向へ歩き出した時だった。

地響きがした。地面からではなく、空から。

振り返ると、黒い空の真ん中で、色とりどりの光の粒が弾《はじ》け散っていた。

湖のむこう岸で花火が始まったのだ。

夜空を揺らす音。

音を出し抜いて光の花が咲く。

その色は私の網膜に鮮明に届いた。赤、白、黄、青、緑、紫、橙……花火にはこの世のすべての色があった。

露店に群がっていた人々がいっせいに湖畔へ移動していく。山へ向かって歩こうとしていた私は、逆流にのまれた小魚さながらに身動きがとれなくなってしまった。

薄黒い塊となった群衆の中に、ふいに小さな赤い点がともった。

ひとつじゃない。赤はふたつ、みっつ、よっつ。朝顔の赤だった。

続いて視界に飛びこんできたのは、空色。

目を凝らすとはっきりわかった。朝顔の柄が散った空色の浴衣だ。私の目は無彩色のドローイングのような群像の中の、浴衣の後ろ姿だけを捉えていた。

七恵。

ほっそりした肩も、束ねて片側に流した長い髪もよく似ている。二十四年前の七恵だ。そんなことがあるはずもない、かすかに残っている理性でそう考えながら、私の足は赤と空色の後ろ姿を追いかけていた。

浴衣の娘は、石段を下りてくる人の流れに逆らって、一人、鐘撞き堂へ登っていく。私は四十三歳の年相応に衰えた足どりに力をこめて後を追った。

杉木立に視界を阻まれた鐘撞き堂のある中腹は、花火を見物するには不向きの場所だ。人影はまばらだった。ここにも何軒か露店が立っていたが、客を失った店の光はわびしく、一帯のほとんどを闇が支配していた。

娘は迷いのない足どりで鐘撞き堂へ歩いていく。やっぱり人違いだった。堂の柱に男の影が寄りかかっていた。夜目にも髪の長い男だ。男と娘はどちらからともなく近づき、二つの影は寄り添ってひとつの影になり、人目から隠れることができる杉木立の奥へ消えていった。

花火の音が闇を震わせる。夜空にくさびを打ちこんだような山頂の上空には、花火と張り合って月が輝いていた。やけに大きな月だ。私の目には両手で抱えるほどに見えた。

山からの風が吹き下ろしてくると、轟音のはざまを縫うように、風車売りの夜店で無数の風車が回り、無数の囁き声に聞こえる音を立てた。

ぼんやり佇《たたず》んだ私の右手は玩具のお面を売る店だ。昔ながらの木製の陳列棚に、いまどきの子どもがこんなものを欲しがるのかと首を傾げたくなる時代遅れのセルロイドの面が並んでいる。

月がひとつひとつの面を分けへだてのない均一な光で照らしていた。陳列棚の中ほどに、七恵の顔があった。

死の数日前、意識を失い、ずぶ濡れで駆けつけた私を迎えた時の顔だ。薄く目を閉じ、唇はゆったりと緩んでいる。

私はその顔に声をかけた。

「久しぶり」

なぜだろう。自然に声が出た。驚くというより、待ち続けていたものがようやく現れた。そんな心持ちだった。

「どうしてた」

どんな言葉でも、声をかければ、まぶたを開いてくれる気がした。せめて唇だけでも。私は耳を澄ました。花火の音はもうまったく届かない。七恵の顔はまばたきひとつしなかった。本人は気にしていた、あまり長くないまつ毛が、月の光がつくる影のせいで今夜はやけに長く濃く見えた。

「俺もそっちに行ったほうがいい？」

月が翳《かげ》り、木立が騒ぎ、また風車が囁く。七恵の面は目を閉じたまま風に揺れて、ゆさりゆさりと左右に動いた。

やめて、と言ったのだろうか。これもまた、七恵に「思い込みが多すぎるよ」と諭されていた私のお得意の勘違いだろうか。

もうひとつ聞いた。一年前には答えてくれなかった七恵に、ずっと聞いてみたかったことだ。

「お前は、幸せだったかい」

俺なんかと一緒になって、とは続けなかった。言わなくても彼女にはじゅうぶんわかっているだろう。

答えを待っているうちに雲が動き、戻った月の光が、再び七恵の顔を照らした。月が密《ひそ》やかに空を巡ったせいかもしれない。だが、陰影がほんの少し変わったその顔は、私には微笑んでいるように見えた。

いいのかい、それが答えで。ほんとうに。

「なにしてんの、あんた」

声に振り返ると、夜店の店主らしき男が便所の方向から近づいてくるところだった。

「まだ何もしてないよ」

私の答えに、万引きを警戒するように身構えた。邪魔しないでくれよ。二十四年ぶりに、ここでキスをするつもりだったのに。

陳列棚に顔を戻したら、七恵は消えていた。彼女の顔があったはずの場所は空白で、面を吊るす釘だけが、鈍く小さく銀色に光っていた。

α

いつ帰りの電車に乗ったのか、どうやって帰りついたのか、気づいた時には、一人には広すぎる2ＬＤＫのマンションに私はいた。

ベッドの上に腰かけていたから、長い夢を見ていたのかと、つるりと顔を撫ぜたのだが、そうではなかった。すぐそこの床に二本のとうもろこしの入った袋が転がっている。ひとつは半分ほど齧《かじ》ってあった。いつ食べたのかも覚えていない。

しかも私の手には、ビニール袋が握られていた。中には琉金が一匹。これもいつ手に入れたのか見当もつかなかった。

何があったのかはさておき、私が最初にするべきことは、ひとつ。

水槽の中に二匹目の金魚を入れた。

金魚がするりと水の中へ滑りこむ。

親指ほどの体と、その体より長いかもしれない、必要以上に大きく蠱惑的《こわくてき》な尾びれを持つ二匹が、おずおずと相手に近づき、離れ、また近づく。

薄闇に包まれた部屋に、赤い灯が二つともった。

チョコチップミントをダブルで

　ダッフィーは、ミニーがミッキーにプレゼントしたクマのぬいぐるみ。ミッキーと一緒に冒険の航海に出て、世界中を旅するミッキーを明るくはげましてくれるのだ。

　そうだったのか。

　1Kの六畳間で腹這いになって『ディズニーシーまるごと徹底ガイド』を眺めていた康介《こうすけ》は、膝を叩くために寝返りを打った。キャンディの包装紙みたいな装丁のその本を今度は頭上にかかげ、声に出して呟く。

「なるほどなぁ。知らなかった」

　流行りのゆるキャラのひとつだと思っていた。登別《のぼりべつ》温泉あたりの。ダッフィーはタワシ色をしたクマのキャラクター。綾乃《あやの》のお気に入りだ。

「しっかし、ねずみのくせにクマのぬいぐるみなんて、なまいきだよな」

　これも声にする。「だよな」と問いかけたところで、誰も聞いてはいない。康介の言葉は、ガイドブックの中のミッキーとミニーの鉄壁の笑顔にあっさり跳ね返されて、ケバの目立つ化繊の絨毯《じゅうたん》の中に染みこんだ。

ひとり暮らしを始めて三年。ひとり言が年々多くなっている。

来週の土曜日、久しぶりに綾乃に会える。ディズニーシーへ行くつもりで、こうしてガイドブックを買い、当日のシミュレーションをしているのだ。いままでにつきあったどんな女の子とのデートの時よりも真剣に。

いちばん人気のタワー・オブ・テラーは、最低でも120分待ちだそうだ。最初は、アリエルのグリーティンググロットあたりかな。でも、これは、人魚姫に扮《ふん》した外国人キャストとお話をするだけのアトラクションらしい。綾乃がそんなものを喜ぶだろうか。

ガイドブックがいち押ししている、タートル・トークってやつに賭けてみる手もありそうだ。カメのキャラクターが主役のアトラクション。いや、待てよ。綾乃は爬虫類が苦手だ。カメだってトカゲの親戚みたいなもの。好きじゃないかもしれない。うむむ。待ち時間が長すぎず、出だしをいい感じで始められそうなものは――

「こりゃあ、難しいなぁ」

知らず知らずまたひとり言を呟いていた。いつのまにかディズニーシーのガイドブックのページは、犬の耳折りだらけになっている。

綾乃と電話で話した時に、どこへ行きたいか聞いたら、しばらく黙りこんでから、遊園地と答えた。

「どこ？」と聞いても、「どこでもいいよ」としか言わない。康介には綾乃のそのせりふが、自分への実力テストの第一問に思えた。

だからこの一週間、行く先を考えに考えた。

ディズニーランドはもう二人で行っている。

としまえん？　夏はいいだろうが、もう十二月だ。

浅草の花やしき？　あそこは他の遊び場に飽きたカップルが、冷やかしで行くところ、だよな。

レンタカーを借りて遠出をすることも考えた。でも、いまのふところ具合では資金的に厳しい。

消去法で出した結論は、ディズニーシー。もともと本命だったが、ありきたりに思えて、保留にしていたのだ。とりあえず本屋で何冊もガイドブックを立ち読みした末に、いちばん詳しい一冊を買ってきた。

やっぱり、ここしかないか。前に会った時、綾乃がバッグにつけていたクマのキーホルダーが、ディズニーシーの人気キャラクターだったとわかったのが最大の決め手だ。ディズニーランドより大人向けのイメージだったけれど、ガイドブックを見るかぎり、そう大差はなさそうだ。しかも綾乃はまだ一度も行ったことがないはず。

大人っぽくても平気だよな。もう中学生だから。

綾乃は康介の娘だ。今月で十三歳になる。いまは一緒に暮らしていない娘。年に一回、十二月に誕生日プレゼントを渡す。その日以外には会わない。それが別れた妻、史絵《ふみえ》との約束だ。

電話をしたのは、一週間前。綾乃と話をする時には必然的に、まず間に立つ史絵と話すことになる。離婚して三年。以前ほどのぎこちなさはなくなったが、お互いに努めて事務的に、感情を抑制して会話をすることに変わりはなかった。

康介が日時の都合を聞き、綾乃に代わって史絵が、おそらくだいじょうぶであることを伝えてくる。待ち合わせ場所はまた連絡する、康介がそう言い、史絵が綾乃を帰して欲しい時間についてちょっとした注文を口にする。納品の期限と受け渡しに関する商談と大差ない。

「変わりはないか？　その、君と綾乃には」

味気ない会話にスパイスを振ってみただけだったのだが、康介の質問に、史絵が口ごもった。かりそめにも十年間夫婦だったのだから、ふだん言葉によどみのない史絵のその沈黙が、答えを探しているわけではなく、何かしらの暗示を含んだ返答の前置きであることは、すぐにわかった。良い内容の返答ではないことも。

「もしかしたら私」

その先を彼女の口から聞きたくなくて、康介は自分で継ぎ足した。

「再婚するのか」

予想はしていた。大学のサークルで知り合った史絵とは、共通の友人が多い。情報は知りたくなくても入ってきている。

「もしかしたらだけど」

またも沈黙。良からぬ言葉の前触れ。史絵にしては歯切れ悪く切り出してきた。

「で、綾乃のことだけど」

「で?」なんだよ、で、って。

「ううん、なんでもない。いろいろ決まってから、また連絡する」

史絵が何を言いたいのか、理屈を司《つかさど》っている頭の半分ではただちに理解したが、人は理屈だけではものを考えられない。康介の頭のもう半分は、史絵の言葉の意味を理解することを拒否した。そして、しかるべき手順ののちにようやく電話に出た綾乃に、必要以上にのん気な調子で問いかけた。

「お、久しぶり。今年はどこに行きたい」

どこにも行きたくない。そんな答えが返ってくるのを恐れながら。

綾乃との一日は、実力テストだ。康介はそう思っている。綾乃の父親として自分に何ができるのか、父親としてふさわしい男なのかが、来週の土曜日に試される。

●●▼

工事現場の交通誘導のアルバイトを楽だとは思わない方がいい。とくに冬場は。

康介は寒風に肩をすぼめて足踏みを繰り返している。じっとしていると、アスファルトから這い登る冷気に全身が震えてくるからだ。同じ派遣会社のベテランのおっさんたちは、今夜の寒さを予想して足裏カイロを用意していた。夏からこの仕事を始めた康介に、そんな知恵はない。タクシーばかりの深夜の道路は排気ガスも酷いのだが、マスクはできなかった。別会社の人間である作業員に嫌味を言われるからだ。お前らだけ楽しやがってよ。いい商売だな、立ってるだけで金が稼げてな。

小刻みにステップを踏みながら、康介は考え続けている。飯をどこで食べようか、と。

もちろん今日の夕飯のことじゃない。そっちは仕事が始まる前に路肩でコンビニの海苔弁《のりべん》を食っている。マーメイドラグーンシアターでショーを観、フライングフィッシュコースターに乗った後に、綾乃と食べる昼飯だ。

ダッフィーのステージショーをやっているケープコッド・クックオフはレストランだ。メニューはファーストフード。年一回の二人の食事がハンバーガーというのは、寂しすぎる。金はかかるが、リストランテ・ディ・カナレットにしようか、と康介は考えている。そうそうゴンドリエ・スナックのジェラートや、ザンビーニ・ブラザーズのレーズンクリームケーキも食べさせてやりたい。この先の夕食を、カップ麺にすればなんとかなるだろう。

両足はいつのまにか、ディズニーランドの〝イッツ・ア・スモールワールド〟のテーマに合わせて動いていた。

イッツ・ア・スモールワールド。離婚後に初めて会った三年前の十二月、小学四年生だった綾乃が、どこよりも喜んだ場所だ。

「ここにいちばん来たかったんだ」

史絵似の丸い目を輝かせて、康介似の大きな耳を真っ赤にして、綾乃はそう言った。優しい子だ。ディズニーランドも、スモールワールドも初めてではないことを、後から史絵に聞いた。しかも行ったのは離婚する前だそうだ。そんなことすら知らない父親だった。

康介が十年間勤めていた事務機器メーカーを辞めたのは、六年前。

仕事はカスタマエンジニアだった。SE《システムエンジニア》志望だったのだが、入社してすぐCE《カスタマエンジニア》部門に回された。新入社員は、最初はみなそこで商品と現場を覚えるのだと聞かされて。

仕事の内容は、パソコンやコピー機、ファックスなどのメンテナンス。ようするにハードの修理だ。自社製品の故障や不具合を直しに行くのだから、往々にして怒る客に平謝りをするクレーム処理も業務になる。

不景気とサラリーマンの労働時間はしばしば反比例する。康介が入社して以来、会社の業績は右肩下がりだったにもかかわらず、仕事は酷く忙しかった。週の半分は最終電車の時刻まで残業。担当地域にスーパーやファミレスが多かったこともあって、土日に呼び出されることも、徹夜仕事も、珍しくなかった。

それでも激務に耐え、職場にしがみついていたのは、頑張っていればそのうち、自分の本来の居場所だと考えていたSE部門に移れると思っていたからだ。業績を挽回することより人員削減が経営の主眼だった会社には、過剰気味のSE枠を増やすつもりなどないことが薄々わかっていながら。

そもそも、他の同僚たちも、体力と精神力を限界まで会社に差し出して、仕事量と人員がどう考えても不均衡なノルマをこなしていた。自分一人が拒否したり、不満を口にしたりすることなどできはしない。休めば迷惑がかかる。仲間として認めてもらえない。

外から見れば、会社はちっぽけな世界なのだろうが、内部に入ってしまうと、その中だけの常識やルールが当たり前になる。自分だけ脱落するのが怖かった。

イッツ・ア・スモールワールド。

チャラララララ、チャララララララ。

康介は合図灯をスモールワールドのからくり人形のように振る。

「おい、バイト、赤棒ちゃんと振れ」

派遣会社のおっさんが怒鳴ってきた。さっき建設会社の現場監督から、手際の悪さに小言を言われた腹いせだろう。

どこもかしこも、スモールワールドだ。

仕事が終わるのは明け方だが、現場から派遣会社へ戻り、日払いのバイト代を受け取って、帰りの電車に乗る頃には、朝のラッシュが始まっている。

今日は珍しく職場のおっさんたちに酒に誘われたが、断った。康介は酒が飲めない。朝から酒を出す飲食店でウーロン茶だけすすって、おおかたが定年過ぎの再就職のおっさんたちの酔言《クダ》につきあう気にはなれないし、なによりいまの康介は無駄な金を使いたくなかった。

通勤電車で、着ぶくれラッシュに締め上げられているサラリーマンやＯＬたちは、これから仕事に向かうというのに誰もが疲れ果てていて、不機嫌そうな仏頂面だ。

かつての康介もそうだった。コンビニのコピー機やファミレスのパソコンを徹夜で直し、始発で帰り、一睡もせずに服だけ着替えて出勤したことが何度あったろう。

そんな時、倒れそうな体を無理やり立たせるという目的だけにはうってつけの満員電車の中で、睡眠不足で朦朧とした頭にいつも浮かんでくるのは、職人だった伯父の仕事場だった。

伯父は鎌倉彫の職人だった。伯父一家が暮らしていたのは神奈川の海辺近くで、年の近い従姉兄《いとこ》がいたから、子どもの頃の康介は、夏休みのたびに一人で何日も泊まりがけで遊びに行っていた。

伯父の仕事場は自宅から歩いて数分の距離にある。伯父はそこで日がな一日、彫刻刀で木を削っていた。雨の日や海に飽きた時の康介は、しばしばそこを遊び場にした。康介は伯父に懐いていたし、父親を早くに亡くし、従姉兄たちより幼かった康介を、伯父も可愛がってくれていたと思う。

用具棚や木材や制作途中の器が雑然と、とはいえひとつの規則性を持って並んだ部屋だ。木の香りと漆《うるし》の甘渋い匂いに不思議と心が安らいだ。康介は伯父をまねて余り木をノコギリで切ったり、刃のこぼれた刀《とう》で彫ったりした。

伯父の仕事ぶりには、悠然という言葉が似合っていた。それなりに忙しかったはずだが、慌てている姿は見たことがない。黙々と刀を振るい、ときおり手を止めて彫り具合を確かめる様子は、どこか楽しげだった。昼には伯母がつくった弁当を食う。塩鮭と玉子焼きとウインナー、そんな素朴なおかずがやけにうまそうに見えた。

時には夜遅くまで帰らないこともあったが、たいていは夕方に仕事を終えて自宅へ戻り、伯母の用意した手料理で晩酌をする。無口な人で、自分からはあまり喋らないのだが、三人の従姉兄や伯母たちの会話を肴《さかな》に、いつもうまそうに酒を飲んでいた。母子家庭で一人っ子だった康介には羨ましい光景だった。

仕事場の壁には日付けの下に空欄のあるカレンダーが貼ってあり、ぽつりぽつりと納期が記されていた。電話がかかると伯父は、日付けの下に新しいスケジュールを書き加える。書くべき場所が埋まっているのを知って、依頼を断っている場面に出くわしたこともあった。仕事のすべてのスケジュールを自分一人で決め、月に何度かの納期に合わせて、無理をせず楽もせず、自分の満足のいく品々を作り上げていく。康介はサラリーマンになって初めて気づいた。自分が憧れていたのは、ああいう生活だったことに。

三十になった年のある日、いつものように深夜帰宅し、朝、短い時間に会うのがせいぜいの綾乃の寝顔を見に部屋へ入った。まくらに押しつけた片頬がふくらみ、そちら側の目だけ猫みたいなつり目にして、唇を三角に尖らせて眠っている綾乃の顔を眺めているうちに、突然、自分の毎日が悲しくなった。そして思い立ったのだ。会社を辞めよう、と。

自分が望んだことなのに、人が職場へ向かう電車で帰途につくのには、なかなか慣れることができない。いま康介が住んでいるのは都心から離れた郊外の街だ。降車駅に近づき、車内から人が減るたびに、世間から取り残された気分になる。

仕事明けの朝にはいつも、駅前のコンビニエンスストアで朝飯を買って帰る。デザートをひとつつけて。

仕事が終わった後の康介の楽しみは、甘いものだ。スイーツなんてしゃれたものじゃない。ケーキ屋は値段が張るし、どのみちまだ開店前だから、コンビニで売っているデザートを買う。

独身時代からの習慣だ。会社の仕事がたまさか早く終わればケーキ屋で、スーパーがまだ開いていればそこの食品売場で、ケーキやプリンや和菓子を買っていた。ショーウィンドーの中を品定めして、好みのひとつを注文すると、店員は決まってこう言う。

「おいくつですか」

男がケーキを買うのは、自分のためではなく誰かのため。世間はまだまだそう思いこんでいる。「ひとつ」と答えるのは、決まりが悪いものだ。店員が若い女の子の場合、つい「二つ」と答えてしまうこともあった。

堂々とケーキを二つ買えるようになった時には、結婚してよかった、とつくづく思ったものだ。

綾乃が生まれ、離乳食が終わってからは、三つ。ケーキ屋で注文する時にも、なんとなく誇らしかった。初めて「三つ」と答えた時の康介の声は、たぶんはずんでいたはずだ。

格別甘いもの好きではない史絵には、またか、という顔をされたが、綾乃はいつも喜んでくれた。「今日も誕生日だね」って。

「あなたの影響よねぇ、綾乃が甘い物を好きなのは」いまでも電話の向こうで史絵はこぼす。「虫歯が多いのも」

綾乃はときどき自分のおこづかいをはたいてスイーツを買ってくるそうだ。近所の店ではあきたらなくなって、最近はわざわざ電車に乗って評判の店まで出かけて手に入れているらしい。将来の夢は、パティシエだ。

コンビニでおにぎりを二つ摑《つか》み取ってから、デザートの棚へ移動した。イタリア栗のモンブランか、フルーツロールケーキかで迷ったが、結局、冷菓コーナーのシューアイスにした。アイスクリームも好きだ。冬の寒い日でも食べる。しかもケーキより安い。綾乃と会う日の資金を少しでも増やすために、いまは節約第一だ。朝だが、飲み物は『午後の紅茶』。

酒が飲めたら、と思うことはよくある。

会社に入社してからの数年間は、飲めなくても職場の酒席につきあうことが多かった。割り勘であることの不満は口に出さずに。仕事の一部だと思って。

結婚してからは、たまに早く帰れるのなら史絵や綾乃と過ごしたい、そう考えて断るようになった。酔いにまかせた愚痴や大言壮語をしらふで聞いている康介は、もともと煙たい存在だったのかもしれない、そのうちに誰からも誘われなくなった。

気楽になったと思える以上に、焦った。自分がいないあいだに上司や同僚が、新しい仕事や人事について情報交換をしているのではないか、彼らだけで結束を固めているのではないかと考えると。場にいないのをいいことに、自分の良からぬ評判や根も葉もない噂ばかりが飛び交っているのではないかと疑って。日本の男社会はいまだに、大酒飲みが英雄だ。親からもらっただけの遺伝的体質のどこが自慢なんだろう。

仕事のことだけじゃない。酒が飲めないと女の子をデートに誘いづらい。特に相手が酒好きの場合。

大学に入って初めてつきあった女の子は、自分の生き方を男に合わせるタイプで、レストランでデートをしていても、康介につきあってペリエしか飲まなかった。二人で行ったスキー場のホテルでも、ウーロン茶だけで鍋をつついた。ホテルで目覚めた翌朝、ゴミ箱の奥に捨ててあった、夜起き出してこっそり飲んだらしいビールの500ミリリットル缶を見た時には、いたたまれない気分になった。

私は飲むから。史絵のことを気に入ったのは、そう言ってくれたからだ。つきあいはじめたのは大学三年の夏だ。居酒屋やワインの店やカクテルバーへ強引に誘われるのが楽しかった。ついつい自分も注文し、グラス三センチ分の酎ハイでへろへろになったこともある。

飲めない男のデートにただひとつ利点があるとすれば、プロポーズの言葉を、酔いにまかせた戯《ざ》れ言《ごと》だと思われないことだろう。

就職して三年目、お互いに忙しく、何週間ぶりかで会えた日の夜、康介のほうから誘ったホテルの展望ラウンジで、三杯目のワインをオーダーし終えた史絵に、ジンジャエールで喉を湿らせてから言った。

「結婚しよう。絶対に、幸せにしてみせるから」

幸せにしてみせる。その約束を果たせないままであることに、三十を過ぎた頃の康介は苛立《いらだ》っていた。子育てに参加できない。家事も手伝えない。どこにも連れて行ってやれない。綾乃だけじゃない。史絵ともろくに顔を合わせず、会話らしい会話のない日々が続いていた。綾乃の隣で眠る史絵の寝顔も、一人の子育てに疲れて、幸せそうには見えなかった。

転職を決意した年に、伯父に電話をした。「鎌倉彫の職人になりたい」と。

そこそこの自信はあった。昔から手先は器用だった。図工の授業でつくる木彫や、中学時代の木工作品はいつも誉められた。作品展で賞をとったこともある。

あわよくば伯父に弟子入りしようと思っていた。従姉兄たちは誰も後を継がずサラリーマンになっていたのだ。だが、説教を食らっただけだった。一人前になるには十年以上かかる。先がない仕事だぞ。俺もそろそろ引退を考えている。奥さんがいて、小さな子どもを抱えている人間が口にする言葉じゃない。

だから、家具職人をめざすことにした。頭の中では、史絵が読む女性誌にエッセイを連載していた手造り家具作家の人生を思い描いていた。彼は三十をすぎてから脱サラし、独学で家具づくりを習得した。作品はすぐに評判となり、米国在住の大物作家の目に止まり、海外にも紹介されるようになる。いまでは数人の弟子を抱え、南アルプスの山荘に工房を構えている。

電ノコを含めたいくつかのノコギリと、ハンマーとノミとカンナ、固定具《スーパージョーズ》を買い、マンションのベランダで日曜大工を始めた。多くはない余暇を費やしていくつかの家具や細工物を完成させた。本棚やマガジンラック、綾乃のための椅子や木製のおもちゃ。史絵と綾乃にも評判が良かった。それが趣味であるうちは。

あなたは夢ばかり見ていて、現実が見えていないのよ。離婚について話し合っていた頃、史絵に言われたことがある。そうかもしれないと自分でも思う。夢は、現実より甘く、自分に優しい、ふわふわの生クリームと色とりどりの果物を載せたお菓子だ。

でも、小さな夢に、そして夢を見させてくれるひと言に、人は救われることもある。鎌倉彫の仕事場の余り木で遊んでいた子どもの頃、伯父がかけてくれた言葉は、徹夜明けの電車の中の康介に何度も夢を見させた。

「お前は筋がいい。うちのガキどもはみんなダメだが、お前は向いているよ。大人になったらやってみるか」

初めてつくった綾乃のためのドールハウスに、史絵は丸い目を見開き、綾乃は大きな耳を真っ赤にしてくれた。

「驚いた。意外な才能」

「パパ、すごい。プーさんの家もつくって」

いつかもし綾乃が本当にケーキ屋をオープンさせたら、その店に自分のつくった椅子やテーブルやメニューボードを置いてもらいたい。それが康介の遠い夢だ。

朝飯のデザートのシューアイスは、甘いもの好きの康介にも甘すぎ、暖房で溶けかけたアイスクリームは、舌に載せたとたんに消えてしまった。

●●▼

綾乃が小学校に上った年に、会社を辞めた。

女性誌に寄稿する家具作家ほどの才能も幸運も自分にはなさそうだから、辞める前から修業先の工房を探していたのだが、手造り家具の工房は数が少ないうえに、そこで働きたいと考える人間は多い。いくつ当たっても、三十すぎの康介を雇ってくれるところはなかった。

とりあえず働きはじめたのは木工所だ。主な製作物は玄関ドアや窓枠。どこであろうと技術を覚えたい一心だった。技術さえ身につければ世に出られる、何の根拠もなくそう考えていた。

だが、康介に与えられる仕事は、材木運びや、搬入と取り付け作業の助手ばかりで、まともに用具も持たせてもらえなかった。年収は半分になり、保険会社への再就職をめざして在宅スタッフになっていた史絵は、運送会社の事務職としてフルタイムで働きはじめた。

『お父さんのしごとは、つくえやいすをつくることです』

小学二年の時の「家の人のしごと」という作文に、綾乃はそう書いてくれた。康介は焦った。

知られたくなかった。お父さんの仕事が「つくえやいすをつくること」ではなく、「木やドアやまどわくをはこぶこと」であるのを。年下の職人から顎で使われていることを。綾乃の作文を、本当のことを知る年齢になる前に現実にしたかった。

だから、木工所に勤めて三年目に、史絵に切り出した。

「一年間、飛騨高山に行ってくる」

相談ではなく、宣言だった。岐阜県の高山市に工芸の専門学校があったのだ。創作木工の講師は高名な家具作家だった。

手放しに賛成してくれないことはわかっていた。とはいえ、ため息まじりに「しょうがないねぇ、コースケは」と言ってくれることを期待していた。史絵はそういう女だから。気づいていなかったのだ。知り合った頃の史絵と、綾乃が生まれてからの史絵が、同じ女ではないことに。史絵は少しのあいだ黙りこんでから、こう言った。

「あなたの夢を、私たちにも見ろっていうの？」

史絵からすれば、当然の言葉だ。「私」ではなく「私たち」。すでに史絵は、妻ではなく母として生きようと決めていたのだと思う。

夫にも父親にもなりきれない康介は、自分が飛驒高山へ行けば、何もかもが良くなると信じていた。そこから戻れば自分は変われるし、史絵や綾乃を幸せにすることができる。そう信じこもうとした。そして、マイホーム資金として貯めていた金を手にして、東京を飛び出した。

専門学校に入って三カ月目、珍しく史絵のほうから電話がかかってきた。「離婚して欲しい」。何度も高山と東京を往復して話し合ったが、史絵の決意は変わらなかった。一度もつれてしまった糸は、元へ戻そうとすればするほど逆にこじれていくものだ。

家庭を顧みない身勝手な男。周囲にはそう言われた。自分の母親にも。悪いのはお前、史絵さんに申し訳ない、と詰《なじ》られた。

違うのだ。そうかもしれないが、違うのだ。康介の本当の夢は、家具職人になることではなく、夕方には家へ帰り、家族と夜を過ごせる仕事に就《つ》くことだった。夢見ていたのは、自分のつくったテーブルと椅子で、史絵や綾乃と夕食を囲む光景だった。

「離婚は結婚より大変」経験者は口々にそう語るが、康介たちの場合、話し合いはそう長引きはしなかった。史絵が養育費を受け取ろうとしなかったからだ。

康介に払う金などないことを知っていたからだろう。そのかわり、それまで住んでいたマンションを明け渡し、綾乃に会うのは、一年に一度だけ、という条件をのまされた。

康介は郊外に格安の値段の一軒家を借りた。廃業した畳屋だ。一階は工房。1Kしかない二階が住まいだ。贅沢を言えばきりがない道具は、必要最低限のものだけを買い足した。家族のために始めるつもりだった家具職人としての第一歩を、妻と子どもを失ってから踏み出した。

開業したとたん、いくつも仕事が舞いこんだ。康介はCE時代以上に体力と睡眠時間を削り、注文をひとつひとつこなしていった。どれも評判は悪くなかった。

見返したかった。「食べていけるわけないじゃない」と断言していた史絵を。成功すれば、自分を見直してくれるだろう。もしかしたら、もう一度やり直せるかもしれない。離婚の理由が経済的な問題だけじゃないことはわかっていたのに、冷静に考えればありえないことを夢想して、赤字覚悟で仕入れた高価な木材を切り、削り、槌《つち》を振るった。

将来に対する予言は、常に康介より史絵のほうが正しい。食べてはいけなかった。次々に舞いこんでいるように思えた注文のほとんどが知り合いの依頼と、そのツテによるものだったからだ。開業の御祝儀に等しい注文をこなし終えたとたん、仕事がなくなった。売り込みをしようにも、あてすら思いつかなかった。

いつか電話で、元妻になった史絵に言われた。

「趣味で続ければいいじゃない。ダメだったのなら、結果を受け入れなくちゃ」

結果は受け入れようと思う。でも、違うんだよ、史絵。ダメだったわけじゃない。いまのところダメなだけだ。まだ夢の途中なんだ。康介は諦めてはいない。

いまも毎日、作業は続けている。工芸展に応募する作品づくりだ。何度も試作を繰り返して、ようやく満足できるものが完成しつつある。

室内用のベンチだ。背板はゆるやかな三連の山になっていて、座板には三つのくぼみがある。ナラの一枚板をふんぱつした。家族三人が座れるベンチだ。

馬鹿な奴《やつ》と人は言うだろうが、康介は本気だ。交通誘導のアルバイトを選んだのも、自然光で仕上がりを確かめられる昼間を作業に使える仕事だからだ。

バイトが休みの日は、一日中工房にこもる。綾乃と会う土曜日まで、あと四日に迫った火曜日もそうだった。

ベンチは仕上げの段階に入っていた。面取りを終え、いまは背板を飾る模様を彫っている。鎌倉彫と同じ手法の薬研彫《やげんぼり》で、葡萄《ぶどう》の葉と蔓《つる》を刻んでいるところだ。

防塵マスクをずり下げて三角刀で彫った木粉を吹き飛ばすついでに、ひとりごちた。

「プレゼント、何にしよう」

これも毎年の悩みどころだ。十二月だから、綾乃に贈る誕生日のお祝いは、クリスマスプレゼントを兼ねている。

綾乃を帰すのは、夕食の前まで、最寄り駅の改札まで、と約束している。かつては自分も住んでいた街の駅まで綾乃を送り、改札の向こうへ消えていく背中を追いかけはじめた瞬間から、翌年のプレゼントを考え出すのに、まだ決まらない。

去年は３Ｄのアニメ映画を観に行き、そのアニメのキャラクターのぬいぐるみを贈った。あまり喜んでなかった気がする。一緒に暮らしていないと、どうも勘がつかめないのだが、子ども扱いしすぎたのかもしれない。小学生だから、アニメはわざわざ日本語吹き替え版の上映を選んだのだが、どうやら綾乃は、字幕で観たかったようだった。

おととしは、康介にはピエロのかぶりものに見えるニット帽子。たまたま入った店で流行りだと聞かされて、首をかしげつつ買ったもの。これは喜んでくれた。連れて行ったのが、シルク・ドゥ・ソレイユのサーカスだったからだろうか。

帰り道の途中、夕暮れの公園の鉄棒で、二人で逆上がりをした。ピエロみたいな帽子を会場の中でも脱ごうとしなかった綾乃は、くるくると器用に体を回転させていた。康介は首筋を痛め、当時のアルバイトだった引っ越しの荷物運びを二日休んだ。

自分がつくった木工品を贈ったらどうだろうと、毎年考える。が、いつも考えるだけだ。綾乃にケチ臭い男だと思われたくなかった。離婚の原因にリボンをつけて渡すようなものだ。史絵も嫌がるに違いない。

「どうしよう」

ひとりの工房で、康介はひとり呟く。

綾乃が何を喜ぶか、何が好きだったか、一緒に暮らしていた頃の記憶や、去年会った時の綾乃の言葉や持ち物、それらすべてを拾い集め、頭の中でシェイクし、使い終わりのチューブのように知恵を絞るのが、ここ三年の恒例だ。

ときどき思うことがある。綾乃を連れて行く場所やプレゼントに悩むように、史絵の気持ちをもっと真剣に考えていたら、夫婦の関係は少しは違っていたかもしれないと。

自分は史絵に、いつも見当違いのプレゼントを押しつけていたんじゃないだろうか。しかも彼女に渡しているつもりの中身は、じつは自分へのプレゼントだったのだ。

幸せにしてみせる。康介がプロポーズした時、史絵は即座に「うん」と答えてくれたが、康介の間違いをただすように「でも」とつけ加えた。

「でも、幸せって、してもらうものじゃなくて、一緒になるものだよ、コースケ」

今年の春の、綾乃の卒業式には出席するつもりだった。別れたとはいえ、父親の当然の義務だと考えて。実際に口にも出した。「俺にも出る義務があると思う」

史絵からはいつになく強い口調で拒否された。

「それって、一人でつくっていたテーブルに、仕上げの釘を一本だけ打って、共同作業だって言い張るのと、同じなんじゃない」

離婚協議の時に愚痴をこぼすことのなかった彼女の、怒りの深さを思い知った。

「え？　ディズニーシーじゃないほうがいい？」

　水曜日の午後、待ち合わせ場所とともに、行く先を告げたとたん、康介が練りに練った計画のすべてが、あっさり瓦解した。別の場所がいいと綾乃は言う。

「じゃあ、どこがいいんだ」

　綾乃が口にしたのは、かつて親子三人で暮らしていた家からそう遠くない小さな遊園地だ。家族を顧みる時間が情けないほど少なかった康介でさえ、たまさかの休日に何度も訪れた場所。疲れ果てて昼近くまで寝てしまい、いつ会社から呼び出しがかかるかわからない休日に出かけるにはもってこいだったのだ。親子三人ではもちろん、史絵と二人で出かけたことも、綾乃と二人きりで行ったこともある。

「いいのか。ディズニーシーなら、ダッフィーのステージショーが観れるんだぞ」

　入念な下調べを恥じることも忘れて問いただした。が、綾乃はやけに大人っぽく聞こえる声で、こう言った。

「無理しなくていいよ」

たぶん史絵に言い含められたのだろう。お父さんにあんまり無茶なおねだりをしないように、と。史絵はいつも康介の現実を、康介自身より知っている。娘に金の心配をされているとわかった康介は、むきになった。

「無理なんかしてないさ」無理したいんだよ。無理を言って欲しいんだ。頼むから、まだ大人にならないでくれ。「なぁ、お父さんはほんとうにだいじょうぶだから」

また少しの間、沈黙。

「ほんとに行きたいの。食べたいんだ。あそこのコーンアイス」

あそこ。綾乃が指定した遊園地の中にあるアイスクリーム屋のことだ。何度も出かけた場所だから、何度もあそこでアイスを買った。それをなめながら、ベンチで三人でぼんやり空を眺めた。メリーゴーランドやコーヒーカップの順番を待った。ときどきアイスを交換して味見をした。父親の食べかけを喜んでくれるのはいまのうちだよ、と史絵が笑った。母親だってわかんないぞ、と康介もやり返した。アイスが少なくなると、綾乃は決まって食べずに握りしめるだけになって、大切な残りを溶かしてしまうのだ。そのたびに泣きそうな顔で言っていた。「大きくなったら、ダブルを食べるんだ」って。

あの遊園地のアイスをもう一度食べたい。綾乃はそう言い張って、マーメイドラグーンがどんなに楽しいか、マイ・フレンド・ダッフィーがどれほど素晴らしいか、ディズニーの回し者のように語る康介の言葉に、耳を貸さなかった。

●●▼

綾乃との待ち合わせの場所へ向かう電車は、レール点検のために徐行運転をしているのではないかと思うほどのろかった。

綾乃が生まれた時のことを思い出す。あの時、病院へ駆けつけるために飛び乗った電車もそうだった。車窓の向こうの風景はまるで静止画像だった。

綾乃が生まれたのは日曜日だが、その日も康介は仕事だった。うるさ型の個人スーパーでコピー機の修理をしていたのだ。故障の原因は老朽化した機種の使いすぎだと説明しても、買い換えを渋るオーナーは納得しない。読み取りガラスを曇らせていた自分の煙草のヤニ汚れにまで文句をつけてきた。

投げつけられる罵詈雑言《ばりぞうごん》に耐えながら、応急処置にしかならない作業を続けていると、休日出勤の時だけ使うことを黙認されている私用の携帯電話に、義母から連絡が入った。

「いま産室に入ったの。たぶんそんなに時間はかからないって」

すべてを放り出して、病院へ飛んで行きたかった。

だが、スモールワールドの住人だった康介には、そんなことはできなかった。

連絡を受けてから二時間後にようやく、どんなに急いでも一時間十五分かかる自宅近くの総合病院への道のりを辿《たど》りはじめた。

電車が酷く遅い乗り物であることを、初めて知った。もし直行便の飛行機があったら、大枚をはたいてでもそれに乗っただろう。

駆けつけた時には、もう綾乃は生まれていて、看護婦さんに体を洗われていた。

新生児を赤ん坊と呼ぶのは、文字通り赤いからだ。体も顔も。

生まれたての綾乃は、可愛いもなにもなく、顔は赤いじゃがいものようで、体はアカガエルに見えた。

看護婦さんから、綾乃と名づける前の綾乃を手渡された時の気持ちを、どう言い表したらいいだろう。自分はこの存在を、この世に送り出すために生まれてきたのだ。この瞬間のために生きてきたのだ。何のてらいもなくそう思えた。

あの日に時計の針を戻せたら、と康介はときおり思う。康介はちゃんと休日を取っていて、朝方から陣痛が始まった史絵をほうって仕事などには行かず、一緒に病院へ行くのだ。分娩室の外のベンチで待ち続け、産声を聞くやいなや部屋に突入して、史絵の手を握る。そして自分たちの子どもの顔を二人で覗きこむ。

出産に立ち合えなかったことが、史絵や綾乃との距離を縮められなかった日々の始まりだったように、いまの康介には思える。あの時から別々の存在になってしまった気がする。立ち合ったところで、何も変わりはしなかっただろうこともわかっているのだが。巻き戻すべき時計の針はひとつではなく、数え切れないほど存在するだろうから。

おととい、史絵から電話があった。決算報告のような生硬な口調だった。一年前から六歳年上の男とつきあっている。相手もかつて結婚していたが、バツ一ではなく妻とは死別。一度、綾乃に会いたいと言っている。自分には関係のない話だ。康介はそう考えようとした。

「お前のことは祝福するよ。それと、俺と綾乃とのことは、別の問題だ」

「わかってる。でも、ずるい言い方に聞こえるかもしれないけど、綾乃の気持ちを考えてみて。父親が二人じゃ、混乱すると思う。私は、綾乃が新しい父親なんか要らないって言うなら、今度のことはあきらめようかって思ってる。ねぇ、だから、一生とは言わない。しばらくのあいだだけでも」

オーケー。綾乃のためだと言うなら、こちらにも異存はない。しばらくというのが何年なのか、何十年なのかは知らないが。いいとも。俺の口からも言ってやろうか、新しいお父さんができても驚くな、お母さんが好きな男なら、きっと悪いやつじゃない。仲良くやるんだぞ、と。

今日が、父親としての実力テストなら、どんな答えを出せばいいのだろう。正解しすぎないという選択肢もありそうだが、やっぱりそれは嫌だった。

●●▼

一年ぶりに会う綾乃は、康介が知っている自分の娘とは、別の少女に見えた。

この一年でずいぶん背が伸びた。魔法がかかったように手足が長くなっている。相変わらず痩せてはいるが、その細さは青アスパラガスから、白アスパラガスに変ったような具合だった。子どもというより小柄な若い娘だ。

長かった髪は、逆に短くなっている。そうだ、テニス部に入ったと言ってたっけ。

まだ綾乃はこちらに気づいていない。康介は昇りたての朝日に向けるような目で、しばらく自分の娘を見つめてから声をかけた。家族をほうりだして好き勝手に生きている父親らしく、お気楽な口調で。

「よっ、久しぶり」

「何、それ」

康介が抱えた荷物に綾乃が呆れ顔をした。

「今年のプレゼント」

なにしろでかいから、持ち運ぶのには少々苦労した。手造りの椅子に、赤いリボンだけかけてある。

「持って帰れとは言わない。今日は家まで送るよ。これがあると、アトラクションの順番待ちの時に便利だぞ」

急に思い立ったから、新しいものをつくる余裕はなかった。三人用ベンチの真ん中だけを切り取って、一人用につくり直したもの。おかげで昨日はバイトを休むはめになった。少し迷ったが、横幅は広めに切断した。大人になっても使えるサイズだ。

「順番待ちなんかなさそうだよ」

綾乃が園内を見渡して言う。もともと流行っている遊園地ではないし、晴れているが風の冷たい日和のせいか、入場客はそう多くない。

風になぶられた前髪を、大人の女みたいな手つきで掻《か》き上げている綾乃に聞いた。

「寒いな。どこかでお茶でも飲んであったまるか」

綾乃がきっぱり首を横に振る。何を言いたいのかはわかっている。

「まず、アイス?」

「うん」

そうだよな、寒くたって、アイスクリーム。昔から綾乃も俺もそうだった。それでこそ、俺の子だ。

小さなアイスクリーム屋だ。まだ店があるのかどうかが心配だったが、メリーゴーランドの裏手に回ると、見慣れた三角屋根が姿を現した。赤と青のボーダー模様の日よけの軒も昔のまま。天井近くに掲げられたメニューボードは木製だと記憶していたのだが、こちらは今風の透明プラスチックに変っている。

「何がいい」

綾乃がメニューボードを見上げる。店は小さくてもメニューは豊富だ。カウンターの背後いっぱいに、色とりどりのアイスクリームの写真が掲げられている。味やサイズによって値段もさまざま。

「コーンだよな、やっぱり」

綾乃は頬に指を押しあてる史絵そっくりのしぐさでメニューを眺め続けている。康介のふところを心配しているのか、なかなか言い出そうとしない。コーンはカップより五十円高いのだ。

「お父さんは——」

康介が口を開いたとたん、綾乃も声をあげた。

「じゃあ私——」

二人同時に叫んだ。

「チョコチップミント」

二十数種類の中から見事に意見が一致。さすがわが娘。ベスト・チョイスだ。綾乃が小さい頃から変わらない、ジャングルの小猿じみた声で笑う。

康介は、何がおかしいのかという表情の店員に告げた。

「チョコチップミントをダブルで」

綾乃がまた、小猿みたいな声をあげる。

誇らしさに胸を反らして、康介はもうひと言をつけ足した。

「二つ」

ゴミ屋敷モノクローム

川沿いの右手は古くからの住宅街で、その家は柳と桜が交互に植わった川縁《かわべり》をひと筋入ったところにある。目印は傘だ。

私が初めて訪れたのは、三月下旬のよく晴れた日だった。裸木の桜の枝が脇道を示す方向標識のように長く伸びた先へ曲がると、話に聞いたとおり、たくさんの傘が目に飛びこんできた。

三軒先のブロック塀の上に開いた傘が並んでいるのだ。色も大きさもさまざま。黄色、空色、ピンク、黒、オレンジ、紫、水玉。花柄模様は日傘だろう。無秩序に種を蒔いた幾種もの花がいっせいに開花したかに見える。

「とにかく酷いの。何とかしてちょうだい。くわしい場所？　そんなの近くまで来ればわかるから。傘が目じるし。何のつもりなのか傘がいっぱいなのよ」

傘の花が塀の上に重なり合って並んでいるのは、ブロック塀の高さまでゴミが積み上げられ、隙間に柄を挿しこんでいるからだった。天日干しをしているわけでもなさそうだ。近づくにつれ、塀ぎわだけではなく、五、六十坪ほどの敷地すべてを大量のゴミが埋めつくし、そこここに傘の花が開いているのがわかった。

奥に建っているのは、築何年になるのか想像もつかないほど古びた、昔の造りの日本家屋だ。和瓦の重みでいまにも倒れそうなところを、ゴミに支えられているふうだった。こぢんまりした一階にさらに小さな二階が載っているのだが、一階を半ば覆う高さにゴミが堆積しているから、二階が一階に見える。二階の窓が少し開き、円形の物干し器にタオルが干されていなければ、空き家としか思えないだろう。

積み上げられているのは大半が燃えないゴミを詰めこんだポリエチレン製の収集袋か、魚屋の店先にあるような発泡スチロールのトロ箱。この手の家の主《あるじ》は、冬眠に備えるリスのように、自宅から出るものだけではこれほどの量にはならない。このような家の主は、冬眠に備えるリスのように、よそからせっせとゴミを集めてくるのだ。ゴミ袋やトロ箱の隙間に押しこめているものも、周辺の集積所から拾ってきた廃品に違いなく、ペットボトル、空き缶、プラスチックの容器、鍋、一升瓶、椅子、小さなタンス、ガスコンロや炊飯器、ハンドルが失せた三輪車まである。

ゴミに埋もれた木蓮《もくれん》の梢が風に揺れると、異臭が漂ってきた。腐った肉に似た革の臭い、血を思い出させる鉄錆《てつさび》の臭い、朽ち果てたビニールやプラスチックの腐臭。敷地全体が生き物でないものの死臭を放っている。

門はあるにはあるのだが、扉はなく、塀に埋めこまれた金具しか残っていなかった。どちらにしてもここからは入れそうもない。障壁のように私の胸もとまでゴミが積み重ねられていた。でたらめに積んでいるようで、それなりの手順に則《のっと》って押し固められているのか、障壁は意外に堅牢だ。崩れ落ちたゴミの一部が道にころがり出でもしてくれれば、私の仕事もいくらかやりやすくなるのだが。

ネクタイを締め直してから、開いた二階の窓へ声を張り上げた。

「ごめんくださーい、いらっしゃいますか」

靴底でアスファルトをこつこつと十五回叩いてから、同じせりふを繰り返したが、返事はない。首を伸ばして覗きこむと、玄関の前だけゴミの山が谷間になっているのがわかった。どこかに出入り口があるはずだ。

右手は隣家と接している。一階がガレージになった今風の箱型の三階建てだ。お隣の惨状に業を煮やしたのだろう、真新しいスチール製のフェンスが一般住宅にしては高い。それをいいことに、右手のゴミ山脈はひときわ標高がある。裏手のコンクリート塀の向こうが町工場であることは、ここへ来る前に住宅地図で確かめてあった。

左手へ回ってみる。隣はもともとは一軒分だったろう土地に建った三軒のテラスハウス。ことの間には路地がある。金網フェンスがゴミに押されて傾《かし》いでいた。収集袋が金網の間からはみ出し、アーガイル模様の刺繡をしたように無数の菱形《ひしがた》をつくっている。

工場の塀に突き当たる手前で金網が途切れていた。あそこか。

金網の隙間に体をこじ入れる。その先にもゴミは置かれていたが、正面に比べれば、山というより丘陵クラスだ。逆さに置いたアルミの菓子箱やその蓋や木箱で飛び石状の階段がつくられている。

クッキーや紅茶セットの缶を踏みしめて斜面を登り切る。玄関の方向が下りのルートだ。今度は素麵《そうめん》や缶詰セットの木箱を足場に進む。

家の正面側でようやく足もとが平らになった。実際にはここにもポリ袋やガラクタが散乱しているのだが、これまでの道程を思えば、平地としか呼びようがない。ただし幅は四、五十センチ。すぐそこにファンシーケースや補助輪付きの古自転車を並べて崩落を防いだゴミ山脈が迫っている。体を横にしないと通れない隘路《あいろ》を、カニ歩きでじりじりと前進した。

眼前にそびえるゴミはまるで地層のようで、私はさながら断崖を踏破する登山家だった。玄関に辿り着いた時には、秘境探検から生還した気分だった。

いまどきめったにお目にかかれない木製の牛乳ビン受けの横に旧式のチャイムがある。押したが鳴らなかった。

格子の多いガラス戸を叩いて中に呼びかけた。

「ごめんください」

戸は握り拳ひとつ分ぐらい開いていた。閉まらなくなっているのだ。曇りガラスの向こうにも堆積するゴミが透けて見えた。ぎゅうぎゅう詰めのポリ袋がいまにもガラスを突き破りそうだ。不用心に思えたが、考えてみれば、ここを狙う物好きな空き巣はいないだろう。

「開けますよ」

家主にというより、近隣に言いわけするように声をあげてから、戸に手をかける。

開かない。

両手をかけて踏ん張ったが、やはりだめだ。

もう一度声をかけるか、さらに戸と格闘するか決めあぐんでいると、家の中から物音が聞こえた。ポリ袋がこすれる音。床の軋《きし》み。

「いらっしゃるんですか。開けてください、関口さん」

関口。それがこの家で独り暮らしをしている主《あるじ》の名だ。また床が軋み、葉擦れに似た音がした。足音に聞こえるのだが、酷くゆっくりで、玄関に近づいているのか遠ざかろうとしているのかもわからない。

何かが崩れる音。それを積み直しているらしい気配。戸の隙間に顔を押しつけ、さらに声を上げようとしたとたん、戸が開き、顔が突き出てきた。

箒《ほうき》のように逆立った真っ白な髪。たっぷり皺《しわ》を刻みこんだ細い顔。背が低く痩せた体に薄茶色のセーターを着、焦げ茶のカーディガンを重ねている。下はだぶだぶの青いジャージー。この辺りの中学校の指定ジャージーにそっくりなのは偶然だろうか。

「関口照子さん、ですか」

かがみこんで訊ねると、表情の乏しい顔を仰向かせて小さく頷き、つけ足しのように喉の奥で声を出した。

「ん」

私はなるたけにこやかに見える表情をつくって言った。

「渡辺といいます。市の生活環境課からきました」

老婆がもくりと頬をふくらませる。何か問いかけてくるかと思ったのだが、ふくらませただけだった。萎《しな》びた顔の中で耳ばかりが大きい。眼窩の肉が落ち、丸い目玉が奥に引っこんでいる。猿みたいな婆さんだ。

「こちらのお宅の状況について、ちょっとお話を伺えればと思いまして」

いきなり背を向けられてしまった。事情聴取《ヒアリング》拒否か、と私は眉をあげたが、違った。どこかからスリッパを取り出して、上がり框《かまち》に揃える。病院の名が書かれた緑色のスリッパだった。

「入ってよろしいんですか」

念のために聞いてみた。拒絶の言葉を半分期待して。できれば入りたくなかった。玄関先で話を聞くだけでじゅうぶんだった。奥へ向かって歩きはじめた背中が答える。

「ん」

室内の悪臭は戸外の比ではなかった。臭気が空気を霞ませているのではないかと思うほど。私は鼻の穴をすぼめて家の中に足を踏み入れた。

玄関の三和土《たたき》にはおびただしい数の靴が並んでいた。本人が使っているらしい女物の革靴やサンダルだけでなく、男物のビジネスシューズや子ども用のスニーカーまで置かれている。

入ってすぐ右手は和室。襖《ふすま》で閉ざされていたが、どんな状態であるかは容易に想像がついた。内側からの圧力で襖が大きくたわんでいる。一カ所が破れ、椅子の脚が飛び出していた。

その先のガラス戸は、キッチンのようだ。ガラスは素通しなのだが、戸の向こうに見えるのは、やはりゴミ、ゴミ、ゴミ。

左手の手前のドアには、和風の様式のこの家には似合わない、洋風の飾り窓と真鍮《しんちゅう》のノブがついている。ガラスが割れた菱形の窓の向こうにも、ゴミ袋。黒いゴミ袋だ。この市であのタイプの袋が使われていたのは、ずいぶん昔だ。

左手の奥に並んだ二つのドアの前だけ、比較的片づけられている。トイレと風呂場か。とはいえ風呂をそう頻繁に使っているとは思えない。前を歩く老婆の肩には大量のフケが散っていた。

老婆は廊下の先にある急勾配の階段を、案外と身軽に昇っていく。これだけのゴミ王国をひとりで建設しているのだ、足腰は丈夫なのだろう。廊下の左右にも重ね上げられたポリ袋とレジ袋を縫って丸まった背中を追いかける。階段のすべての段に置かれている紙箱に足を取られて、危うく転げ落ちそうになった。

二階には廊下に沿って二部屋が並んでいた。手前の部屋は天井までゴミで埋まっている。見たかぎりでは衣類が多い。袋詰めされた色とりどりの服が、不精なのかまめなのかよくわからない、精緻と言いたくなるバランスで、ミックスフルーツのミルフィーユのように積み上げられている。

老婆はスケート競技をスローモーションで見ているような足どりで、奥の部屋に入っていく。私は凍った雪道を進む足どりで後に続いた。

ここが居住スペースだろうか。ゴミが少ない。他の場所に比べれば足の踏み場があるという意味だが。そのかわり、臭気はいままで以上だった。屋敷全体を覆う臭いに、生ゴミの臭いが混じる。キッチンの三角コーナーのネットをマスクにしてしまった気分だ。

窓辺の近くに、流行遅れのキャラクターが描かれた幼児用のままごとテーブルが置かれている。私が入った時には、もうその前に座っていた。

私を振り返って、テーブルの反対側を顎でさす。座れと言うことらしい。だが、そこには空の惣菜パックが段重ねになっていた。パックをおそるおそる押しやって正座する。ここへは市を代表して勧告に訪れたのだが、なにやら自分のほうが叱られるのを待っている気分だ。近頃の人間はモノを簡単に捨てすぎるとかなんとか。脱いだコートの置き場所がない。畳んで膝の上に置き、老婆に向き直った。

「こちらにお邪魔したわけは、おわかりですね」

部屋を見回して、顔をしかめるしぐさをつけくわえてみた。テーブルの上にはちんまりと飯が盛られた茶碗と湯呑みと筑前煮の惣菜パック。驚いたことに、このゴミ溜めの中で飯を食っていたのだ。

いや、食っていた、ではなく、これから食うところだった。老婆は私の言葉には答えず、惣菜パックに小さく手を合わせてから、箸を取った。午後三時半。昼飯なのか夕飯なのか、私の背後の一点をぼんやり見つめて、まずそうににんじんを齧《かじ》っている顔に語りかけた。

「お宅にクレームが寄せられているのです」

丸い奥目で見つめ返してくる。意味がわからないというふうに、二度まばたきをした。耳が遠いのだろうか。声を張ってみた。

「お宅の、ゴミに、クレームが——」

老婆が驚いてにんじんを取り落とした。聞こえていないわけじゃないようだ。ああ、そういうことか。私は咳払いをして言い直す。

「クレームというのは、つまり苦情のことです」

婆さんは興味を失った様子で、再びにんじんをつまみ上げた。よく飯が食えるものだ。少しでも気を許すと生ゴミの臭いが鼻に侵入してくるから、私は口だけで呼吸している。喋りかけた声も感情のない電子音のような鼻声になってしまっていた。

「ゴミを片づけていただけませんか。いまの不衛生な状況は関口さんにとっても、けっしていい環境ではないと思うのです」

ああ、れんこんを齧りはじめちまったい。

どこまで言葉の意味が伝わっているだろうか。年齢と、この家の状況からみて、彼女が認知症である可能性はかなり高い。問い詰めても無駄な気がした。症状が軽度であることを期待して、婆さんとコミュニケーションをはかるべく、話題を変える。

「きれいですね」

花のことだ。窓の向こうの手すりに日本茶のペットボトルが置かれ、一輪の花が活けてある。羽ばたく鳥のかたちをした大きな白い花。木蓮《もくれん》だ。ここの臭気さえなければ、部屋に芳香を漂わせているに違いない。花を飾る気持ちがあるなら、説得できなくはない気がした。

「お花が好きなんですか」

「ん」

婆さんが皺を顔の真ん中に集めて笑う。両目が弓のかたちになった。笑顔の見本のような表情だ。やはり、この線が糸口か。私はゴミの山のあいだから、いくつもの庭木が顔を覗かせていたことを思い出した。どれも老木で枯れかけているが、きちんと世話をすれば、また花を咲かせるだろう。誘いかけるように言ってみる。

「ゴミを片づけたら、さぞかしきれいなお庭でしょうねぇ」

何か言いかけた、ように見えたのは、こんにゃくをしゃぶっていただけだった。咳払いをして、違う話題を探す。

「傘がたくさんありますね。あれは飾りですか」何かの願掛けにも見える。興味本位で聞いたわけではなく、彼女の心を解く鍵のひとつに思えたのだ。「なぜ、あんなに傘を？」

老婆は答えない。視線はあいかわらず私の背後をさまよっていた。

何を見つめている？　振り向いた先には壁しかなかった。カレンダーが下がっているだけだった。上半分に富士山の写真が印刷された月めくりカレンダーだ。

日づけの中の一カ所にだけ、赤色で大きな丸がつけられていることに気づいた。三週目の日曜日。下に手書きの女文字。婆さんの手によるものだとしたら、なかなかの達筆だ。

『十一時　静江さんと観劇』と読めた。

いちおう人づきあいはあるらしい。知人による懐柔という手があるな、と考えながらよくよく見たら、暦は六月のものだった。

去年のカレンダーでもなかった。年号は九年前だ。彼女を担当すべきなのは、私ではなく社会福祉課か、福祉事務所である気がした。とはいえ乗りかかった船だ。成果ゼロで帰りたくはない。もうひと押ししてみる。

「片づけろ、なんて口で言うのは簡単ですけど、お婆ちゃん一人じゃ大変ですよね。わかってます。我々が専門の業者を手配しましょう」

手練《てだれ》のセールスマンじみた口調で笑いかけると、婆さんが私に向かって目を見開いた。顔を見返してきたわけじゃない。今度の視線の先は、私の股間だ。せわしなく目玉が動いている。チャックを閉め忘れたか、それともこの婆さんは色惚《いろぼ》けしているのか、と股《また》ぐらを覗きこむと、ファスナーの上を黒光りした大きなゴキブリが往復していた。

うわ。

思わず声をあげ、腰を浮かせた刹那《せつな》、コートの裾《すそ》が惣菜パックの段重ねを突き倒してしまった。重油の色の汁がはね飛び、私のズボンに降りかかる。

元は何だったのか、半ゼリー状に変質した汁が、腿《もも》から膝へと垂れ落ちていく。ハンカチで懸命にこすり取っていると、婆さんが飛んできて、ボロ雑巾《ぞうきん》のようなタオルで、私の腿をさすりはじめた。

「いいです。いいですから、もう」

無防備に声をあげたとたん、閉じるのを怠った鼻孔に、ゆで卵とキムチと履き古した靴下をミキサーにかけたような臭いが襲いかかってきた。私の辛抱はそこまでだった。

「近いうちにまたお邪魔します。その時までに少しでも片づけていただけると助かります」

鼻で息をしていない私の口調には、我ながらまるっきり熱意がこもっていなかった。これ以上の長居はたくさんだった。いちおう忠告はした。その事実だけを手に入れた私は、そそくさとゴミ屋敷を後にした。

◆

「もうずっとよ。私たちがここに越してきた時から。六年、七年？　いちおうご近所さんだから、事を荒立てるっていうの？　そういうことはしたくなかったんだけど。どんどん酷くなっていくから。虫だって涌《わ》くし、変な病気がうつるかもしれないし。

あとほら、火事とかも怖いじゃない。あそこ、煙草をポイ捨てされただけで燃え上がっちゃう」

受話器の向こうの中年女性の言葉に、私は曖昧《あいまい》に頷くことしかできなかった。また関口の家へのクレームだ。前回と同じ中年女性。どうやら右隣の三階建ての住人らしい。

生活環境課の相談窓口にかかってきたその電話は、前回同様、すみやかに私へ回された。私は別にゴミ屋敷の担当者というわけではないのだが、いま現在の本来の仕事である市主催のエコ関連フェアの企画書づくりを中断して、辛抱強く相槌を打ち続けている。

「いちおう注意を促しには行ったのですが」

「注意？　そんなの私でもやってるよ。だめだからこうして電話してるんでしょうに。強硬手段っていうの？　そういうのやらなくちゃ、もうだめ」

「はぁ」

そうもいかない。いわゆるゴミ屋敷問題は難しいのだ。

拾ったゴミとはいえ、敷地内にある以上、私有財産と見なされる。公道にはみ出ていれば、それに関してだけ撤去は可能だが、境界線の中のゴミの処分には本人の同意が必要なのだ。全国的に見れば、自治体が独自につくった条例や建築基準法への違反を楯《たて》に、強制撤去をした例がないわけではないが、ごくレアケース。基本的に行政機関ができることは、勧告すること。役所の用語に従えば、「お願い」をすることだけだ。

「出かけてくる」

「お疲れさまでーす」

課員たちがかけてくる声が、御愁傷さま、に聞こえた。一緒に来てくれと名指しされるのを恐れてか、若手は誰も目を合わせようとしない。

行き先はひとつしかないが、足どりは重かった。私は関口の家へ行く前に、市役所の別の棟にある福祉事務所へ寄ってみることにした。

最初の訪問から二週間が経っていた。そのあいだに川縁《かわべり》の桜が咲き、早くも散りはじめていた。川面《かわも》にも薄桃色を映している桜は、二日前の大雨さえなかったら、もっときれいだったろう。生活排水に濁った川に、花びらが無数の小舟になって流れていた。

私が課内でゴミ屋敷の担当者のように見なされているのは、一昨年の夏、別の地域でのゴミ屋敷問題にかかわったことがあるからだ。その時も特別な理由があったわけじゃない。たまたま最初の苦情電話を取ったのが私だっただけだ。

このケースの場合、主《あるじ》は六十代の男性だった。同居していた母親が死んだ後、独りきりの生活を続けていて、統合失調症を患っていた。住まいをゴミ屋敷にしてしまう人間には高齢者が多く、認知症をはじめとする何らかの精神疾患を抱えているケースが少なくないことは、その時に知った。

時間はかかったが、結局、撤去には成功した。私の手柄というよりも、福祉事務所のベテランケースワーカーのおかげだ。家主の亡くなった母親と以前から交流があった彼女は、熱意をこめて本人の説得にあたり、自治会にも協力を要請して、半年後にはきれいさっぱりゴミが片づけられた。男は介護施設に入り、いまその土地は何事もなかったように月極めの駐車場になっている。

彼女がまだいてくれればと思う。そのゴミ屋敷の解決を最後の仕事に、去年退職してしまった。

いまの福祉事務所に関口照子の話を聞いても、七十六歳という年齢と、独居であることしかわからなかった。彼女は自分たちの支援対象にはなっていないと言う。つまり彼らが救いの手を差し伸べるべき経済的困窮も、健康的な問題もない、というわけだ。ゴミ屋敷のことも聞いていないの一点張り。見て見ぬふりをしているのではなかろうか。

生活環境課の過去の記録によると、関口照子の家がゴミ屋敷になったのは、昨日今日の話ではなかった。一番古い苦情は、十五年前だ。この時には本人の同意のもとに、近隣の住民が総出でゴミ出しをした。その頃はまだ、近所づきあいが濃密だったのだろう。

次の苦情は八年前。この年には何度も苦情が寄せられていたが、急に途絶えている。訴えていた住民のほうが引っ越してしまったからのようだ。不動産屋にどう言いくるめられたのか知らないが、今回クレーム電話をかけてきた三階建ての女性一家は、その敷地の後釜だ。左手の集合住宅は建てられてまだ二年。諦めているのか、関心がないのか、こちらからの苦情はひとつもない。住宅地としての歴史は長い土地だが、人と家は変わっている。関口照子の家だけが取り残されている、とも言えた。

桜吹雪をコートのない肩で受けて、脇道に入る。

驚いた。傘が消えていた。

案ずるより産むが易《やす》し、などという箴言が頭に浮かんだのは、一瞬だけだった。

ゴミの山は少しも減っていない。そのままだ。なんのつもりだろう、傘のかわりに、塀の上にはたくさんの桜の枝が並んでいた。まるで客を誘うためのアーケードの装飾のように。おいおい、他にやることがあるだろう。

このあいだと同じ登攀ルートを辿って玄関へ向かう。外壁に張りついて横歩きしながら思った。まるで豪雪地帯の民家だと。

私の実家は北国で、冬は雪に閉ざされる。雪下ろしだけでなく、周囲の雪かきもしないと、一階はすぐに雪の下に埋まってしまう。二人の姉と私が家を出た後、独り暮らしになった母が心配で、私は雪下ろしと雪かきのためだけに帰省をしたことが何度もある。田舎では、年寄りの家の雪かきは近隣の人間が手伝ってくれるのだが、母にはそれが気重なようだった。「肩身が狭いんだよ。いいよいいよって口では言うけど、屋根の上から舌打ちが聞こえるんだからねぇ」

生きていれば私の母は、関口照子と変わらない年齢だ。ゴミ屋敷の住人に高齢者が多いのは、世代的な問題もあるのだろうか、母も何でも溜めこみ、しまいこむ人だった。使うあてがまったくなさそうな贈答品も、その贈答品の包装紙も、その紐も、プチプチクッションまで。家が狭くなるだけだから捨てろ、たまさか帰省する私や姉たちが、そう言ってもきかない。

「捨てられるものなんかないよ。使わないでとっておけるものがあるのは、幸せなことなんだよ」

私たちと捨てろ捨てないの論争になると、ふだんは喋りたがらない戦争中のことを引き合いに出す。

「なんでも配給だったからね。電球ひとつが切れたって、替えられないのさ。一カ月も二カ月も先に電気会社が売り出すのを待つしかないんだ。お茶の間の電球が切れた時には、お便所のと交換。それも切れたらお風呂場のと交換」

この話は三回は聞かされた。次の話は五回ぐらい。

「アルミも兵隊さんが使うからって供出してね。さて困った。翌日からはお弁当箱がないんだ。そもそもご飯も、水をいっぱい入れて嵩増《かさま》ししたおかゆみたいなのを食べてたから、あんたたちのお祖父ちゃんは、一升瓶におかゆを詰めて仕事に行ってたんだよ」

私が十六の年に亡くなった父親の紋付きや礼服を、油紙やら風呂敷やらで厳重に包んで、押入れの奥にしまいっぱなしであるのを発見した上の姉が、「しまいこんだままなら、もういいかげんに処分すれば」と言うと、母はこう答えた。

「捨てたくないけど、見たくないものってあるだろ」

四年前、母の葬式の後に実家を整理したら、家中の押入れや箪笥《たんす》から、出るわ出るわ。古い手紙、雑誌、何十年も前の旅行のパンフレット、その土産、駅弁の包装紙、老人会の記念品、私や姉たちの結婚式の座席表や、孫が描いた落書き、姉弟三つのへその緒まで出てきた。

家の敷地いっぱいにゴミを溜めこむ人間、押入れにこまごまとした人生の品々をしまいこむ人間、違いは大きい気もするし、たいして変わらない気もする。

婆さんは今回、一度声をかけただけで、表戸を開けてくれた。桜の季節に浮かれたわけでもないだろうが、服はピンクのセーターに変っていて、薄く口紅まで塗っている。

ただし家の中の状況には変化がなかった。それどころか、気温が高くなったぶん、臭いがさらに酷くなった。私は前回同様、二階の六畳間で息を詰めて正座し、ゴキブリに油断なく注意を払いながら関口照子と向き合っていた。ゴキブリならまだいい。ネズミが出たら最悪だ。私はネズミが大の苦手なのだ。娘にせがまれてしぶしぶ出かけたアニメ映画、スチュアート・リトルにさえ鳥肌を立てた。

窓辺の花も、数本の桜の小枝に変っていた。花瓶もペットボトルではなく本物の陶磁器だ。何日も前の桜だろう。半分は散り、残った花も散りかかっていた。こんなことをしている暇があったら、少しはゴミを片づけてくれればいいのに。私の口調は、つい皮肉っぽくなってしまう。

「ずいぶん集めましたね、桜」

街路樹は公共物だから勝手に取ってきてはだめなんです。軽犯罪とはいえ同様のことを続けてこられたのなら、行政代執行の理由になりますよ。などという言いがかり同然の説得を思いついたとたん、気づいた。たいていの桜の枝は、年寄りが取ろうとして取れる高さにはない。ゴミの山を飾るためには、川縁の桜だけで足りるはずもなく、ここからは遠い公園や寺社まで足を向けたに違いなかった。どれほどの時間をかけて集めたのだろう。前回、花を褒めたのがいけなかったか。

老婆へというより、自分自身へのため息をついて私は言った。

「きれいですね、桜は」

本当にきれいだった。散りかけていてさえ。花瓶の桜の、長短に細工のある枝の配し方は、華道のたしなみのある人間の手際に思えた。婆さんがポットから湯呑みに移した湯を急須《きゅうす》に注ぎながら頷く。

「ん」

私に茶を差し出してくる。子どもが使うようなキャラクター入りの湯呑みだ。薄い茶には埃がたっぷり浮いていた。娘のままごとにつき合っている気分だった。

この老婆に、公共性だの市民の責任だのを説いてもしかたがないことは、前回の訪問で私にはわかっているはずだった。それなのに、この状況を自分でなんとかしろと言うのは、詭弁《きべん》だ。再三勧告したという事実が欲しいだけの、ただの責任逃れだ。桜を眺めながら私は埃が浮いた茶をひと口飲んで、言ってみた。

「ゴミ、みんなで片づけようよ。協力してくれる人を探すからさ」

自分の母親に話しかけるような口調になってしまった。とはいえ考えてみれば私は、亡くなった母には文句を言うばかりで、こんな言葉をかけたことがない。

「そうしよう。私も一緒にやりますよ」

老婆は上目づかいで私を見つめ返してくる。正確にいえば私ではなく、私の背後の壁だ。振り返ってみると、富士山のカレンダーが消え、かわりに写真が一枚、画鋲《がびょう》で留めてあった。若い娘が写ったモノクロ写真だ。サービス判ではなく、ふた回りは大きなキャビネサイズ。

「この写真は?」

古風な髪形をしているが、きれいな娘だった。レンズをまっすぐ見つめて笑っていた。ふっくらした頬はモノクロでも血色がいいことがわかる。

老婆はこのあいだと同じように、両目を弓のかたちにした。

その瞬間に気づいた。写真の娘と同じ笑顔であることに。波形のウエーブがかかった髪から覗いている大きな耳のかたちも同じ。信じられない。写真に写っているのは、同じ生き物とは思えない、目の前の婆さんだ。

「……これ……関口さんですか？」

「ん」

唇を梅干しのかたちにして、うつむいてしまった。皺の多いたるんだ頬が、桜の花びらの色に染まる。

私はカメラが好きで、妻に渋い顔をされながら、小学二年生の娘のスナップ撮影を口実に、アマチュアには分不相応なカメラと機材を揃えている。だから、わかる。だいぶ昔のモノクロ写真とはいえ、素人が撮れるようなものじゃなかった。といって写真館で撮られたものでもない。雨模様の戸外だ。娘時代の関口照子のバストアップショットの背後に写っているのは、川縁の桜だろう。

「これ、どなたが撮ったんです？」

婆さんはその質問には答えてくれなかった。かわりにどこかでネズミがキィと鳴いた。

◆

関口照子の住む地域の自治会長とはすぐに連絡が取れたが、多忙を理由に訪問の日を先のばしにされ続けた。ようやく会えたのは一週間後だ。

川の反対側にある商店街で酒屋を営んでいる自治会長は、五十がらみのやたらに声の大きな男だ。こちらの話をろくに聞かず「一回、びしっと言わなくちゃって思ってたんだ。地域を代表して、俺がね」と威勢よく捲《ま》くし立てていたのだが、本題に入ると急に声が小さくなった。

「どちらにしても、お年寄一人の力では無理だと思います。町内の方にボランティアでお手伝いいただけないかと思って伺ったのですが」

「あそこを、俺たちが?」

ワインの梱包《こんぽう》用の衝撃緩和材をゴミ袋に放りこんでいた顔をあげる。生ゴミを鼻先に突きつけられたような表情だ。

「すべてとは言いません。より現実的な対応としては、ある程度――いえ、かなりの部分をプロの業者に依頼する必要があると思います」

「そうだよ、そうしたほうがいい。全部、頼んじゃおうよ」

「その場合、金銭的な問題がありまして。一括して依頼すると費用が高額になるんです」

ゴミ屋敷の撤去には、行政が立ち入れないという以外に、もうひとつ問題がある。金がかかるのだ。一昨年のケースでは、素人の力だけではとても作業が終わらないことがわかり、結局、大半をプロの業者に依頼した。請求額は八十万円。

会長が「おたくらが払えば」という顔をする。残念ながら、それも無理だ。「立ち入れない個人的な問題」である以上、市が負担はできない。行政が強制撤去に二の足を踏むのは、税金の無駄遣いと批判されかねないという事情もあるのだ。

「本人に支払う能力があればいいのですが――」意志も。

金を出せと言っているわけではないのだが、会長は客もいないのにレジの前に立ち、急に忙しそうに立ち働きはじめた。私の顔を見ず、お茶を出しに来た奥さんに言う。

「全部、婆さんの責任だろ。みんなが巻きこまれるのは、困るよな、なぁ」

それはそうだ。ごくふつうの感情。しごくもっともな論理。関口さんに同情の余地があるかと問われれば、あるとは答えづらい。汚いゴミには蓋をしておくのがいちばんだ。会長のセリフの「みんな」という部分には「俺」という言葉が入るんだろう。はからずもゴミ屋敷に関わるようになってから身につけた、私の付け焼き刃の知識によれば、ゴミ屋敷を築くにいたる心理には、こんな要因が考えられるそうだ。


現在の生活や財産に対して潜在的な不安がある。

自分が失ったものを埋め合わせるための代償を求めている。

病的に高まった収集癖。

潔癖症が高じてうまく片づけられない挫折感の末に放置してしまう。

孤独のあまり周囲の関心を引こうとする。


どれもが正しく、すべてが違うようにも思える。

「とりあえず、本人ともう一度話してみます。関口さんに関して何かご存じではありませんか」

どんなことでもいい。彼女の過去を知りたかった。市役所の職員とはいえ、コンピューターで個人情報が管理されているいまは、部署の違う私が戸籍を勝手に閲覧することはできない。レジ横のパソコン画面に目を向けたまま会長が答えた。

「ご存じも何も、昔からああだったからさ。何回片づけてもだめ。ここの人間は、人情だと思って、ずっと我慢してきたのよ」

町内といっても、ここは関口照子の家から百メートルは離れている。都会の百メートルは、私の田舎の十キロぐらいの距離だ。彼の言う「ここの人間」というのはたぶん、商店会の仲間うちと、お得意客のこと。助け船を出すように奥さんが教えてくれた。

「昔はご家族で住んでたはずですよ」

家族。独り暮らしには広いだろうあの家を考えれば当然だが、いまの関口照子からは想像がつかない言葉だった。

「ご家族は、どうされたんでしょう」

「さぁ、うちはご近所というほど近くないから」

「どなたかご存じの方は？」

「あの辺は、どこも代替わりして、土地を売って出ていっちゃう人が多いのよ。そうねぇ、丸山さんならどうかしらね」

「丸山さん？」

「丸山静江さん。あそこの隣の筋に住んでるお婆ちゃん。昔から居るし、顔も広いから、関口さんともつきあいがあったかも」

静江さん。カレンダーに書かれていた名前だ。つきあいがあったと思う。少なくとも九年前までは。

🡅

「関口さんの奥さん？　いい人よ」

丸山静江さんはふっくらした体を、明るい色のワンピースで包んだ、品のいい老婦人だった。結婚し、ここに新居を構えたのが六十年前だそうだ。大昔の話を昨日のことのように語ってくれた。

「気立てがいいし、器量良しだし」

近い昔のことを覚えていないのが玉にきずだ。九年前に関口照子と観劇に行った記憶はないと言う。

「劇を観に？　歌謡ショーじゃなかったかしら。美空ひばりの」

「関口さんの家がああなったのは、どのくらい前からなんですか」

「ああなったって？　どうかなさったの、関口さん」

「つまりゴミを集めはじめたのは……」

「ゴミ？　ああ、物持ちがいいのよ、戦前生まれの人間は」

足を悪くしてからはめったに外出しないという彼女は、一筋離れた関口の家の現状を、あまり理解していないようだった。

「関口さんと最後に会われたのはいつ頃でしたか？」

「三、四年前かしらね。オウムの頃。怖いわねぇって話をしたわね」

それは十年以上前だが、話を続けることにした。

「照子さん、精神的に不安定だったということはありませんでしたか」

「それはもうね、あの人の場合はね、いろいろあったから。歌謡ショーに誘ったのも、照子さんが沈んでて、励ましてあげたかったからなの。あれは誰のショーだったたっけ。裕次郎だったかしらねぇ」

「沈んでた？」

「そう、だんなさんがいなくなって、一人っきりになっちゃったから。そうそう、フランク永井よ。有楽町で逢いましょうって、お若い方はご存じないわよねぇ」

「だんなさんがお亡くなりになったのは、いつ頃でしょう」

「ううん、亡くなったんじゃないの」

静江さんはそれだけは確かな記憶だというふうに、きっぱり首を横に振った。

「出てっちゃったのよ。よそに女をつくったって噂だったわねぇ。男前だったから。背がすらっとしてて、あの頃にはハイカラだった眼鏡をかけてて。芸術家肌。高校の英語の先生をしててね、美術の先生だったかしら」

「お子さんはいらっしゃらなかったんですか」

「それがね」静江さんが招き猫のように片手を振る。「亡くなったの。息子さん。だんなさんが出てく何年か前に。まだ小学生だったのよ。体が弱かったのよねぇ。骨の病気。名前は——ああ、申し訳ない。忘れちゃった」

「何年ぐらい前の話ですかね、それは」

「何年になるかしらね。クミコが生まれた年だから……クミコってあたしの初孫ね……初孫のこと、関口さんには言えなくてねぇ。申し訳なくて、素直に喜べなくて。あらら、あの子はいくつだったっけ。あなたぐらいかしら。あなた、おいくつ」

「三十八です」

「お若く見えるわねぇ。孫はもう少し下のはずよ。えーと」

家を辞す前に、同居している娘さんに訊ねたら、長男の娘である初孫は、いま三十二歳だった。

三十年前に子どもを失い、夫に捨てられた関口照子は、独りきりになった家に、何を溜めこもうとしているのだろう。

◆

「ひでぇな、いままでよくクレームが来なかったもんだ」

関口照子の家を見るなり、課長が鼻をつまみたそうな顔をした。

「確かに量はありますけど、乱雑には置いていませんし、さほど臭いませんから」

課長に答える私の口調は、なぜか言い訳じみたものになっている。庭のゴミの山には、元のとおりたくさんの傘が開いていた。

「どこから入るんだ、いったい」

「こっちです」

私は行きつけの店を案内するふうに先に立ち、登攀ルートでは、顔をしかめっぱなしの課長のシェルパ役を務めた。さほど臭わないのは戸外だけ、とつけ加えるのを忘れていた。玄関から一歩中に入ったとたん、「どこがだ」という目で睨まれてしまった。

記録をさらに調べてみたら、この家の戸外のゴミに関していえば、十五年前だけでなく八年前にも、不動産業者の手で片づけられていた。ただし関口照子は、そのどちらの時にも屋内には手をつけさせていない。いったい何年前からの堆積なのか、想像もつかなかった。

ここを訪れる道すがら、課長が言っていた。

「どうせ相手は認知症なんだろ。誓約書をつくって、さっさと印鑑を押させちまえばいいじゃねえか」

高齢者を食い物にする悪質セールスマンのようなせりふ。冗談半分にしろ、こういう言葉を吐ける人間だから、四十半ばで課長になれたのだろう。公務員の場合も出世するタイプは一般企業と同じだ。上の顔色に抜け目なく反応するやつが昇りのエスカレーターに乗る。

三度目の訪問に生活環境課の課長が直々に出張《でば》ってきたのは、火の粉が降りかかるのを恐れた自治会長が市長に訴えたからだ。自治会長は市長の後援会会員だった。市長から部長、部長から課長へ、「早急に問題解決をはかるように」という雪崩《なだれ》式の指示が下されたのだ。市長は小石を投げたつもりでも、部でふくらんで課まで落下してきたその命令は、押しとどめようもない大きな雪だるまだった。

課長は二階の居住スペースに入っても、腕組みをしたまま座ろうとはしなかった。役所では珍しい、どんな時でもビジネススーツスタイルを崩さない男だ。新調したばかりのポールスミスが汚れるのが心配だったのだろう。

「お婆ちゃん、たいへんだねぇ」同じくポールスミスの目尻がつり上がったセルフレーム眼鏡を押し上げて、照子さんに微笑みを投げかける。庁内でも中高年には受けのいい仏顔だ。「でも、このままじゃだめだよね」

ただでさえ長身の課長に立ったまま見下ろされて、照子さんは気の毒なほど顔をうつむかせてしまった。私に連れがいることを知るなり、どこからか引っぱり出してきた花柄のショールを、胸もとで搔き合わせた。うつむいたまま上目づかいで課長を仰ぎ見る。両頰に桜の花びらが浮かんでいた。

「ん」

今日、窓辺を飾っているのは、つつじ。街路の緑地帯で咲きはじめた花だ。壁にはこのあいだのポートレート。照子さんは、お茶を出すついでのようにテーブルの向かい側へ移動し、正座のまま写真を貼った壁際ににじり寄っていく。ときおり課長へまばたきの多い視線を向ける。どうやら若き日の自分の姿を課長に見て欲しいらしい。

課長は写真には気づいていないが、視線が合うたび、自分こそは唯一の理解者というふうに、いちいち頷いてみせた。

「心配だなぁ、僕は。お婆ちゃんに何かあってからじゃ遅いからね」

両頬の花びらがつつじの大きさと色になった。

「お金は多少かかるけど、だいじょうぶだよね。この家も持ち家なんでしょ」

「ん」

「いいんだね。ああよかった。じゃあ、今度来る時には、業者を連れてくるから。ね」

「ん、ん」

なぜだろう。課長をフォローするつもりで口を開いたのに、私の声は憤りを含んだものになっていた。

「いいんですか、関口さん」

粗悪品の羽毛ふとんを押し売りしている気分だった。よけいなことは言うな。課長がセルフレーム眼鏡越しに鋭い横目を走らせてきた。

だが、事は課長の思惑どおりには運ばなかった。私たちが訪れた翌々日、撤去の日取りを決める前に、関口照子が倒れたのだ。

◆

野猿のように丈夫そうに見えたが、だいぶ前から循環器系を患っていたらしい。ゴミ屋敷の住人になってからも、数年前までは病院通いを続けていたそうだ。あの家の中ではなく、外出先で倒れたのが、不幸中の幸いだった。公園のハナミズキの花の前だった。

いや、幸いだなどとは言えない状態だ。照子さんは倒れてから一週間経ったいまも、人工呼吸器に繋がれたままで、意識は戻っていない。

とはいえ、ゴミ屋敷に関して言えば、事態は急転した。初めて本腰を入れた福祉事務所と社会福祉課が、彼女の身寄り探しをし、入院して五日目にようやく、親類の一人と連絡を取ることができたのだ。

甥だという五十男は、関口照子の成年後見の保佐人になることを前提に、あっさりとゴミの撤去に同意した。保佐人には財産管理も任される。事実上、街中の六十坪の土地が自分の手に入ったのだ、百万近い撤去費用など安いもの、というところなんだろう。甥は言う。

「こんなことになっているだなんて、まるで知りませんでした。年賀状だってやりとりしてましたし」

何年前の話だろう。警察の立ち会いのもと、関口照子の家に入り、住所録や書簡を探した社会福祉課の職員の話では、いちばん新しい葉書の消印は六年前。丸山静江のものだったそうだ。

◆

撤去の日は五月の半ば、朝から暑い日だった。午前九時前に私が出向いた時には、もう4トントラックが横づけされ、傘の花が朝日を照り返してとりどりに輝き、陽に燻《いぶ》されたゴミの山が陽炎《かげろう》を立てていた。社会福祉課が乗り出してきた後も、私がゴミ屋敷担当者であることには変わりなく、今日は関口照子の甥のつきそいとして作業に立ち合う。

病院に運ばれて三週間目になっても、照子さんの意識は戻っていない。年齢を考えると戻らない可能性のほうが高い、と医者は言っている。

最初に、門の前のゴミの山が、籠城を陥落させるように突き崩され、四人の作業員と二台の台車が、トンネル工事さながらに少しずつ奥へと進攻していった。丁寧に並べられた傘が一本、また一本、城の旗印を奪い取るように引き抜かれていく。

手伝うつもりで、役所の災害時用の作業服を着てきたのだが、清掃会社の人間に邪魔者扱いされただけだった。他にすることもなく、ビニール紐で傘を束ねる。全部で四十七本あった。

午前十一時には、荷台がいっぱいになったトラックがいったん市の処理場へ向かう。ゴミが取り除かれるにつれ、この家の本来の庭の姿があきらかになっていった。遺跡が発掘されるように。

庭のまん中では、几帳面に組み上げられた煉瓦《れんが》が楕円を描いていた。花壇だ。

私は、木蓮の下の石造りのベンチを運び出そうとしていた作業員に声をかけた。

「そいつは、動かさなくていいです。ゴミじゃありません」

そのはずだ。年寄りが一人で持ち運べる重さじゃない。最初からここにあったのだ。

花のないかわりに草も生えていない花壇の脇には、平たい石を歩幅の間隔に置いて小路《こみち》がつくられ、庭のひと隅へと続いていた。三階建ての家の方向、ゴミの山の標高がとりわけ高い場所だ。私は作業員と一緒に山の切り崩しに加わった。

頂上からビニール袋をいくつか転がし落とすと、鉄材が見えてきた。長さ一メートルほどの横棒の両側に支柱が組まれている。物干し台だろうと思っていたのだが、山が消えると、まったく違うものが姿を現した。

ブランコだった。

一基だけの小さなブランコ。座部がすっかり朽ち果てている。名残の木片だけを吊るした鎖を押してみると、誰かの呟き声のような微かな音を立てて揺れた。

昼過ぎまでかかって戸外のゴミが撤去されると、作業は室内へと移った。玄関の戸は、若い作業員二人がかりでも開かない。だから私が代わった。コツがあるのだ。上に浮かし、手前に引きながら、横にずらす。照子さんはいつも一発だった。

玄関から大量の靴が、ゴムと生革の入り混じった強烈な臭いとともに放り出される。照子さんの甥が、喉を鳴らしてうめいた。

廊下と階段のゴミが外へ出される。階段に積まれていたのは、ほとんどが靴箱で、中身は空だった。

二階の左手の窓から、先頭に立って中に入った清掃会社の社長が顔を出した。防塵用のマスクを顎にずらして声をかけてくる。

「ここのはどうします?」

甥の姿はいつのまにか消えていた。ゲロを吐きに行ったのだろう。さっきネズミの死骸を踏んづけてしまった私だって我慢しているのに。しかたなく、かわりに答えた。

「どうって? 出してください」

社長がビニール袋をかかげてみせる。袋の中には、クリーニングから戻ってきたばかりのように何着もの衣服がきちんと畳まれて梱包されていた。いちばん上は機関車の絵が描かれたトレーナーだ。

「全部、子どもの服ですよ。ちゃんとアイロンがかけてあるし、まだ新しいのもありますけど、いいんでしょうかね」

かまわない、という言葉が喉から出るまでに少し時間がかかった。

窓から大量の子ども服が投げ落とされ、続いてそれをクッションがわりに、部屋にあった段ボール箱が放り出される。着地の衝撃で箱がはずみ、ビニールのサッカーボールと、玩具の新幹線が転げ出た。

迷惑がられるのを承知で、私も中に入ることにした。「一緒にやる」照子さんにそう約束したことを思い出したからだ。

玄関のすぐ右手の和室と、その先のキッチンは、もうあらかた片づけられている。鍋を段重ねにして運び出そうとしていた作業員を両手で制した。

「調理器具はそのままで」

「でも、鍋とやかんだけで三十個はありますよ。醬油のボトルもやたらにたくさん。どう見ても賞味期限切れのやつばっかり」

「かまいません。残しておいてください」

照子さんがまたここへ戻って来た時、すぐに炊事を始められるように。

和室は八畳ほどの広さだ。絨毯《じゅうたん》が敷かれ、ダイニングテーブルが置かれている。照子さんの意向なのか、夫の好みだったのか、日本家屋をせいいっぱい洋風に仕立てあげたような趣だった。

あれだけのゴミに囲まれていたのに、いや、囲まれていたせいか、かなりの年代物と思われる食器棚は古びていない。棚に置かれていたのは、茶碗と湯呑みとカップだけ。それぞれ三つずつ。カップのうち二つは高価な陶磁器。ひとつは子ども用のカップ。私が幼い頃に流行っていたアニメのキャラクターが描かれていた。科学忍者隊ガッチャマンだ。

照子さんはゴミを溜めていたのではなく、ゴミで埋もれさせようとしていたのではないだろうか。あらゆるものを。

部屋を出ようとした私は、襖の脇の柱に貼られたガムテープに気づいた。

柱の下部から中ほどまでの一面を覆っている。クラフト色のガムテープの上に粘着性が強そうな黒のテープが貼られ、そのうえにまたクラフト色が貼られている。補修が必要な場所とも思えないのに、やけに厳重だった。

長い年月のあいだに効力を失ったボロ切れ同然のガムテープは、柱から浮き上がり、いまにも剝《は》がれ落ちそうだ。ゴミの撤去のつもりで私はそれを剝ぎ取る。

すぐにそうすべきでなかったことを知った。

露出した部分の柱材は日焼けを逃れて、まだかすかに艶光《つやびか》りしていた。私の腰からみぞおちあたりの高さにいくつかの疵《きず》がつけられていた。鋭くない金属、釘か裁縫針、おそらくそんなもので引っ搔いた疵だ。すぐ脇に、同じものを使ったに違いない、文字通り金釘《かなくぎ》流の文字が刻まれている。

一番下は『五才』と読めた。

疵は、ほぼ五センチ刻みで上に伸びていた。

『六才』

『七才』

『八才』

八歳から九歳の間は、ほんの二、三センチしかない。骨の病気という言葉を思い出した。そこで疵は終わっている。

ガムテープをもとどおりに貼り直そうとしたが、どうしても剥がれ落ちてしまう。業者から借りた業務用のビニールテープを何枚も重ねて貼った。

トラックが何度か往復し、いよいよ残るは、一階の左手の部屋だけになった。菱形の飾り窓がついた使途不明の場所だ。

ドアを開けたとたん、ゴミ袋が雪崩を打って倒壊した。袋の色は黒。市で透明ビニール袋を奨励し、黒色を使わないよう指導を始めたのは十五、六年ほど前だから、少なくともそれ以前からここはゴミに埋もれていたことになる。「失踪したっていうだんなの死体が埋まってたりしてな」いつか課長が口にした冗談が、ただのジョークとは思えなくなってくる。照子さんの夫の消息は、甥も知らなかった。

ゴミ屋敷、ゴミマンションの仕事には慣れているという社長も、この部屋には唸《うな》っていた。黒いビニール袋がどこまでも土嚢《どのう》のようにみっしりと積まれている。しかも袋の中身は重量のある家電や家具の廃品ばかり。たぶんここは、彼女の最後の砦だ。守るべき砦ではなく、頑《かたく》なに閉ざし、遠ざけるべき砦。

壁が一面だけ露出し、壁掛け時計が姿を現した時には、もう日が暮れかかっていた。時計の針は十一時三十二分で止まったままだ。何年何月何日の十一時三十二分なのかは、もう誰にもわからない。

時計の下には外国製らしい飾り棚があった。ガラスの嵌《は》まったいちばん上の棚には、カメラが置かれていた。二機。

「お宝だ」と若い作業員が騒いでいたが、少しはカメラにうるさい私にはわかった。夫が家を出たという三十年前でも、すでに旧式だった品だ。骨董品としての価値があるわけでもない。たぶん照子さんの夫は当時の最新型のカメラを別に持っていて、不要なものとして、ここに捨てていったのだ。彼女と一緒に。

ガラス棚の中にきちんと飾ったのは、照子さんじゃないか、私にはそんな気がした。妙な部屋だった。黒いゴミ袋のあらかたが片づいても、広くなったように感じない。理由は、窓とは反対側の最後の一面の壁が露になってようやくわかった。

ドアが現れた。この部屋に隣接しているのは浴室のはずなのだが。こちら側の壁は、日に焼け色褪《いろあ》せた他の壁面に比べれば、変色が少ない。そもそもここだけ壁紙が張られていなかった。たぶん後からつくられたものなのだ。社長がノブに手をかけたが、すぐには回さなかった。

「なんだか薄気味悪いな。とんでもないものが出てきそうですね」

「僕がやりましょうか」

私にはその小部屋が何に使われていたのか、おおよその見当がついていた。

「いやいや、冗談ですよ。開けますとも」

まんざら冗談ではなさそうな表情で、社長がノブに手をかける。施錠されているわけではないのに、いくら押しても開かなかった。

「あれ、おかしいな」

「やっぱり、代わりましょう」

腰が引けて焦りすぎているのだ。押してもだめだ。ドアは外開きのはずだ。この部屋の目的からすると、普通はそうなる。

ドアのすぐ向こうには、思ったとおり、黒いカーテンが下がっていた。

重いカーテンをたくし上げる。外光は中まで届かない。そういう造りにしてあるのだ。

小さな流しが見えた。ステンレス製の台の上には鈍く光る数種のバット。

ここは暗室だ。

旧式の引伸機《ひきのばし》やセーフライトがまだ残っている。

狭く細長い室内を社長が懐中電灯で照らす。壁にはたくさんの写真が張られていた。風景写真。そうでなければ花や木の葉のアップ。手札判もあれば大きな六つ切りサイズもある。被写体もさまざまだが、背景はほとんどが灰色に沈んでいる。雨が降っているからだ。照子さんの夫は、雨をモチーフに写真を撮り続けていたらしい。

懐中電灯の光の輪が右手、部屋の奥の狭い壁に走る。

ここには大人の男の目線より少し下に、二枚だけ写真が張られていた。二枚を残して後は剝がしたのかもしれない。これだけはどちらも人物写真だった。

一枚は、黄色い雨合羽を着た男の子の全身像。

こちらを見つめる目は大人びているが、手足は細く、頭ばかり大きい。小動物を思わせる可愛らしい顔だちの少年だ。

もう一枚はモノクロ写真。若く美しい娘だ。古風にウエーブさせた長い髪から大きな耳を飛び出させている。二階の居室に貼っていたものより頰がふっくらしているから、結婚前の姿かもしれない。

まだ十代に見えるその娘は、明るい色の雨傘を差し、両目を弓形にして笑っていた。

胡瓜の馬

盆休みに一人で故郷に帰る。それだけのことなのに、なんとなく後ろめたい気分になるのはなぜだろう。

靴箱からいつもの黒のウィングチップではなくワークブーツを取り出して、結び目がすっかり固くなった靴紐を解いていたら、佑子《ゆうこ》の声に背中をつつかれた。

「いってらっしゃい。たまには一人でお義母《かあ》さんに甘えてくるといいよ」

「よせよ。うす気味わるい」

「なぁんて、ほんとは嬉しいんじゃない」

そうでもない。家を出て二十年以上が経つ。四十歳になった私には人生の半分も暮らしていない場所になった。もう余所《よそ》の家。兄夫婦の家だ。それなりに気も使う。

正月休みには、佑子の実家のある福岡へ帰り、お盆休みには、夫婦二人で、菜々実《ななみ》が生まれてからは三人で、私の実家へ帰る。それがここ何年ものわが家の習いだった。

今年はイベント企画会社に勤める佑子と休みを合わせることができなかった。菜々実だけ連れていくことも考えたのだが、小学五年生ともなると子どもには子どものスケジュールがある。友だちとディズニーシーへ行く約束をしているそうな。

「早くいらっしゃいよ、シュウちゃん」

玄関先の佑子が私の母の口調をまね、目玉をぐるりと動かして笑い、手を振ってくる。やけに愛想がいい。隣に立つ菜々実も同じ表情で手を振った。母親と同じ電源で動くミニチュア人形みたいに。

「いってらっしゃい」

二人が声を揃える。

玄関のドアを開けると、埼玉の街中には珍しく蟬が鳴いていた。


届けられた荷物を置くように、ことりと音を立てて電車が停まった。

急行が素通りする小さな駅だ。ひび割れが目立つプラットホームには、夏の木洩《こも》れ日がまだら模様を描いていた。日差しの強さは埼玉と同じだが、風は心持ち涼しい。

頭上から蟬時雨が降ってくる。出がけに蟬の声を珍しがっていたのが馬鹿馬鹿しくなるほどの大合唱だ。ただ一人の降客である私は、スポーツバッグをかつぎ直して改札に向かった。

電車で帰るのは久しぶりだ。菜々実が生まれてからは渋滞を覚悟で車を使い、辿《たど》り着くのは夕方というのが夏の帰省の恒例になっていた。新宿から中央本線に乗る昔ながらのルートなら、実家は拍子抜けするほど近い。もっとこまめに帰れるだろうにという母親の愚痴はもっともだ。遅めの朝に出たにもかかわらず、まだ午後三時すぎだった。

改札の前には薄紫色のビニール製の提灯《ちょうちん》がさがっている。今日は十三日。この地方では盆の入りだ。

八月の帰省はいつも、お盆にきっかり日程を合わせているわけではなく、私と佑子、両方の休暇のスケジュールの兼ね合いで、たいてい少しずれる。早すぎたり、過ぎてしまったりという年のほうが多いと思う。今年にかぎって、この日に私だけ帰ってきたのは、高校の同窓会があるからだ。

改札を抜けた先の空の半分は、山だ。

あらゆる種類の緑色で塗り潰された二等辺三角形の山。胚芽《はいが》を精米したふうに山頂だけが欠けている。標高がそうあるわけではないのだが、間近に迫っているために、手前のささやかなロータリーと、商店街と呼ぶには店が少なすぎる街並みが、山の付属品に見えてしまう。久しぶりの風景だ。車で帰省するようになって、この駅にも駅前にも立ち寄らなくなった。

十代後半の私はいつもこの山の麓から電車に乗って、二駅先の高校へ通い、夕刻にはこの山の麓へ帰ってきた。その時々の心具合によって山は、船出の豪華客船さながらに晴れやかに見えたり、巨大な生き物の死骸のように陰鬱に見えたりした。春でも、夏でも、赤と黄色に衣装替えする秋も、白く化粧をする冬でも。私にとっては、懐かしい、とひと言で片づけるには、愛憎半ばする風景だ。

駅から実家までは一キロ半ほど。都会なら住宅物件の価格が下落する遠さだろうが、この町では駅の近くと見なされる距離だ。歩いていくことにする。どちらにしろ人けの少ないロータリーにタクシーは見当たらなかった。

左手へ折れて県道を歩きはじめる。水田が広がる行く手の遠い先にも山が見える。こちらは春でも雪が消えない険しい連山。

私の故郷は山の中だ。四方を山に囲まれた、器の底のような町。いま思えば、それは小さな小さな器だったのだが、器から零れずに暮らしているうちは、案外に広く思えるものだ。

子どもの頃、私たちが集合場所にしていた駄菓子を売る県道沿いのよろず屋はもう姿を消し、その辺り一帯は広い駐車場を持つコンビニエンスストアになっていた。青田の中の孤島のようなガソリンスタンドにも見覚えがない。

道の右手、山裾の高台に、安国寺という名を一文字ずつ立て看板にして掲げた寺は、昔のままだ。「国」という文字の外側がかすれて「玉」という文字に見えるところまで変わらない。私は沙那《さな》のことを思い出していた。

「お墓で待ち合わせなんて、バチあたるよ、水野」

十分遅れてやってきたくせに、僕をなじったのは、沙那のほうだった。

「だってさ」もうよろず屋の駄菓子を品定めしながら待ち合わせる年じゃないし、そもそも「今日は俊也《としや》の」

わかってるよ、というふうに、沙那は後ろ手に隠していた花束を取り出した。ひまわりとコスモスの花束。花屋で買ってきたものじゃない。ひまわりは葉っぱのところどころに虫食いの痕がある。コスモスはまだ半分が蕾《つぼみ》だ。町が観光客用に街道沿いに並べたフラワーボックスから頂戴《ぎっ》してきたのだろう。

僕らが同じ高校に通いはじめた年の夏だ。彼女は学校では天然パーマということにしてある、もしゃもしゃの髪。僕は翌年の春には辞めることになるバレー部にいたから、人生でいちばん髪が短い時期だった。

沙那がイアン・ギランみたいな髪を、両手でかきあげた。

「塚田は？」

僕はろくにありもしない前髪を梳《す》いて答える。

「来ない」

「来れないか、あいつは」

俊也は僕らの中学時代の仲間で、免許を取った直後にバイクの事故で死んだ。塚田はその後部座席に乗っていた。

僕が線香に火をつけ、まだ新しい仏花《ぶっか》が活《い》けられた花立てに沙那がひまわりとコスモスを足した。

「死んじゃったんだよね」

沙那が歌の一小節のように呟いた。そして俊也の墓のてっぺんにひしゃくで水をかける。沙那は、線香をつけるのもひと苦労だった僕より、ずっと墓参りに慣れていた。たぶん小学校三年の時に母親を亡くしているからだ。

僕と沙那が、初めてキスをしたのは、その日。墓のある寺の山門の陰だった。

こりゃあ、確実にバチあたるな。沙那は婆ちゃんみたいなせりふを、僕の口の中で呟いた。

高三のクラスの同窓会が開かれるのは初めてだ。招待状には、卒業二十三周年と書いてあった。中途半端な年次だが、企画したやつの気持ちはわかる。去年と今年で全員が四十歳を越えた。全力疾走の時代がそろそろ終わり、後ろを振り返りたくなる時期、並んで走っている人間のことが気になる年齢だ。男の場合、平均寿命まで生きたとしてももう、立ちはだかる道のりより、過ぎてきた道のほうが長い。

道が昇りになってきた。この町に平らな場所はほとんどない。いま歩く道も坂と感じさせない程度の勾配なのだが、自転車を漕げばすぐにわかる。

24インチのギアなし自転車を漕ぐ小学四年生の僕は、スポーツサイクル、スポーツサイクル、とぼやきながら坂を昇っていた。このあいだ、俊也が5段変速ギアのを買ったから、友だちの中で持ってないのは僕だけ。腰を浮かして地面を睨みつけてペダルを漕いでいた。

だから坂の上から自転車が駆け降りてきたことに気づくのが、ちょっと遅くなった。向こうには避《よ》ける気はなさそうで、大型トラックのクラクションみたいにベルを鳴らしている。

見たことのある顔だ。それが隣のクラスの女子だとわかったとたん、僕も停まるつもりはなくなった。相手の自転車が26インチのママチャリだと知ったから、なおさら。うまい具合に目を合わせないですれ違えたと思った瞬間、ハンドルとハンドルが触れてしまった。とっさに車道の反対側へ倒れこむ。相手も同じことを考えていた。僕らは道端の夏草の中で重なり合った。

僕にのしかかった体の重みが言う。

「気をつけろよ」

それはこっちのせりふだ。

「重いよ」

「なんだって」

三クラスしかない小学校なのに、それまで話したことはなかった。向こうが三年からの転校生だったからだ。これが沙那と交わした最初の会話だった。

「そんなに急いでどこ行くん」

「そっちこそ」

僕はほったらかしにしてあった夏休みの自由研究のためにクワガタを探しに出かけ、

彼女は友だちにドリルを写させてもらいに行くところだった。

沙那は僕にというより、クワガタに興味を惹かれたようだった。なぜか僕らはそこから彼女が知っているという「クワガタ専用のマンションみたいな木」へ行くことになった。子ども用の自転車が気恥ずかしくて、僕は少し後ろから白いワンピースの背中を追いかける。日に焼けた手足と同じトーストの色の顔が、思い出したように振返って、にかっと笑った。「お前の、24インチなのな」

駅前山と僕らが呼んでいた山の裏手まで来ると、沙那が小鼻をふくらませて、大きなくぬぎの木を指さした。

「な」

どこが、「な」だ。クワガタは見つからなかった。僕が物音を立てたせいだって言い張る沙那は、謝るかわりだったのか、こう言った。

「ええもの、見せてあげる」

さらに山を登った。いいものは山の上のほうにあるらしい。小学生の僕の活動エリアからは遠く離れた場所だ。山に近い側に家がある沙那にだって遠い場所のはずだった。日が傾きはじめていたけれど、同じ学年の女子に臆病な姿は見せられない。林道を自転車で登れるところまで登ってから、僕らは交通安全用の黄色いヘルメットのひもを締め直し、二匹のひよこのように山の中へ分け入った。

どのくらい登っただろう。湿った土でふかふかの斜面の途中で沙那が足を止めた。誰もいないのに顔を近づけてきて、噛んでいたフルーツミントガムの匂いの息を僕の耳に吹きかけてきた。

「秘密の場所だから、誰にも言うなよ」

「わかった、言わない」僕も一枚だけ分けてもらったフルーツミントガムの息を吐いて答える。「何があるの」

「海。海が見えるんだ」

斜面を登りきった先には、何もなかった。細く続いていた踏み分け道もない。地面もなかった。崖だ。

崖すれすれに白樺《しらかば》の木が生えている。沙那はワンピースの裾をパンツにたくしこんで、木に登りはじめた。いちばん下の枝でも僕らの背丈よりずっと高い。枝の先のほうは崖の向こうに突き出ていた。震える足をなだめすかして後を追った。怖かったが、海は見たかった。なにしろ遠足のバスの窓から海が見えたら、クラス全員が歓声をあげる。そんな土地の子だ。

僕が枝の上に立つと、沙那はしがみついていた幹を僕に譲り、枝に馬乗りになった。

幹から一メートル近く前進して、振り返る。

「危なくないって、ほら、もう少し、こっち」そう言う沙那の足も震えていた。

二人で枝に並んで座る、というよりしがみつく。沙那は得意気に指を突き出した。

「この時間じゃないと、見えないんだよ」

遠くの山と山の間が、そこだけ光っていた。金と銀の中間みたいな色合い。西日を受けた水面だ。

「な」

「ダム湖じゃん」

「海だってば。ほら、音も聞こえる」

海辺の街から転校してきた沙那に断言されると、自分の言葉に自信がなくなった。山を渡る風が樹々を揺らす音は、言われてみれば波の音に聞こえた。

沙那は後先考えない性格で、僕は時間の観念がない子どもだった。光がしだいに薄くなって消えていくのをぼんやり眺め終えた後になって、僕らはようやく山の中にいることを思い出した。途中で真っ暗になった山道を半べそで駆け降りた。

東京へ出てきて驚いたのは、周囲のどこを見まわしても山が見えないことだ。結婚後に住みはじめた埼玉南部のいまの街も同じ。見通しの利く場所へ出て遠くを眺める時など、いまだに未完成の風景画を見せられている気分になる。

故郷に帰りたいとは思わないが、山が欲しいと思うことはよくある。部屋の窓を開けた先の風景の中に。せめて仕事帰りの電車の車窓に。

山は教えてくれる。人が生きる領域はごくわずかで、違う世界が隣り合わせにあるってことを。日が暮れた山で迷った経験があればなおのこと。

コスモスが揺れる線路沿いの道を歩きながら、私は電車の中でもそうしていたように、iPodのイヤホンを耳に突っこんだ。

一人旅のいいところは気兼ねなく音楽を聴けることだ。佑子や菜々実が一緒だったら、カーコンポから流れる曲は、別の曲になっていたはずだ。私の耳に流れているのは、七〇年代のロック。仕事柄、流行りの音楽も聴くが、プライベートでは古い曲ばかり聴いている。私の音楽に関する体内時計は、ティーンエイジで止まってしまっている。

中学生の頃、沙那はよく僕の家へ遊びにきた。ガールフレンドなんて洒落たもんじゃない。同じバレー部の沙那は、ショートヘアでいつもジャージ姿だったから、親からすれば、男子部員と似たような生き物に見えただろう。彼女か、なんて冷やかされることはなかった。

「これ、すごくいいんだ。沙那も聴いてみなよ」

僕は、自分の家みたいにくつろいで少年漫画雑誌を読んでいる沙那のマッシュルーム頭をかき分けて、ヘッドホンをかぶせた。うつぶせに寝ころがっていた沙那が、猫みたいに両手を縮めて身を硬くした。

「ピンク・フロイドっていうバンド。どう？　これ聴いちゃうと、ニューミュージックなんて、文部省唱歌だよ」

兄の受け売りの言葉をそのまま口にしただけだ。この頃にはもう、若者の社会への反抗が時代遅れになり、思想や哲学を歌う音楽は、泥臭く垢抜けないものと見なされていた。へそ曲がりだった兄の影響を受けた、兄以上のへそ曲がりの僕は、七〇年代のロックを聴くようになった。ろくに意味もわからず。

「なんだこれ？　キンキンうるさいだけだ」

「沙那にはわかんないか」

ヘッドホンを取り返そうとしたら、沙那がごろりと体を反転させた。顔をしかめたまま意地になって聴き続けた。レコードジャケットをずっと眺めながら。

「ところでお前、いつまでいるの」

「うっさいな。もう帰るよ」

沙那は自分の家があんまり好きじゃなかったのだ。特に父親が再婚して、新しい母親が来てからは。

沙那が男友だちみたいに僕の家でごろごろしていたのは、中学二年の時まで。三年になると、気軽に家に連れてこれるタイプじゃなくなった。バレー部を辞め、長く伸ばした髪はあんずの色になり、スカートの丈は校則より二十センチ長くなった。自転車に乗らなくなり、僕よりロックに詳しくなっていた。

「ねぇ、シュウちゃんも聴いてみなよ。ええよ、ブラック・サバス」

僕はよく沙那から借りたカセットを兄貴のウォークマンに突っこみ、一人で自転車に乗って聴いた。メロディと歌詞で知ろうとした。バンドのメッセージではなく、彼女の気持ちを。

π

「迎え火、やっていくだろ」

麻殻《あさがら》を握りしめた母が声をかけてくる。そのためにお前は来たんだろう、と言いたいらしい反論の余地のない疑問形だ。

「ああ」

あまり時間はなかったが、母を手伝って、仏壇の提灯を玄関先へ運ぶ。同窓会の会場は、電車で二駅の高校生の頃に通った街だ。直行するかどうか迷って、荷物だけここへ置きに来た、なんて言えやしない。

五年前に父親が死んでから、仏壇の前の精霊棚《しょうりょうだな》は昔より大きくなり、供え物も豪勢になった。注連縄《しめなわ》を張って昆布や素麺《そうめん》を吊るすなんて、私が家にいた頃にはなかった習慣だ。

門の前に素焼きの皿を据え、折った麻殻をキャンプファイヤーのように積む。義姉が麻殻の足をつけた胡瓜《きゅうり》の馬と茄子《なす》の牛を置く。兄が火をつけようとすると、母が制止した。「ちょっと待って」

馬と牛の位置が気に入らないらしい。道路に向けて並べられた馬と牛の頭を、家のほうへ向かせる。麻殻を焚《た》く皿の正面に馬を置き、牛は少し脇に避けた。

胡瓜の馬と茄子の牛は、死者たちの乗り物で、行きは早く帰って来て欲しいから速い馬で、帰りは名残を惜しみたいから歩みののろい牛で、という願いがこめられている。子どもの頃に何度も聞かされた話だ。

「すいません」義姉が悪びれた様子もなく、母に詫びた。

「まぁ、どっちでもいいんだけどね」

そう言いながら母は、首をかしげるように片側に傾いていた馬をもう一度取り上げて足を直す。その背中は去年より小さかった。この五年で母の髪には白いものが増え、甥《おい》や姪がかける、おばあちゃんという呼び名が似つかわしくなっている。

甥のマウンテンバイクを借りて駅まで走った。実家からならほとんどが下り勾配だ。三十分に一本しかない電車にもじゅうぶん間に合うだろう。私は赤く染まった空に向かって滑走した。イヤホンからは七〇年代のビッグネーム〝イーグルス〟の曲が流れている。

杉林の先、ゆったりした左カーブを曲がると、駅が見えてくる。三曲目は、〝ホテル・カリフォルニア〟。偶然ではなく、駅に着く時にこれがかかるようにセレクトしたのだ。大学へ通うために この町を離れる日にも、私はこの曲を聴いた。繰り返し繰り返し。

「東京に行くのか」

「うん、俺、国立は無理だし」

ふぅーん、と相槌を打つ沙那の語尾は震えて聞こえた。高校のある街の喫茶店だ。日曜だったから二人ともすり切れたジーンズを穿いていた。僕は髪を肩近くまで伸ばしている。流行《はや》りじゃない長さだ。沙那は化粧をしている。二十年以上前だから口紅は赤く、眉は太い。髪は僕よりもずっと短く、前髪だけピンク色だ。

この頃の僕らはバンドのメンバー同士でもあった。僕はアコースティックがまぁまぁ弾けるというだけの理由で、沙那に強引に誘われて、高二の時から、よその学校の連中とバンドを組んでいた。楽器ができない沙那はボーカル。

沙那は？　とは聞けなかった。故郷に戻ってきた沙那の父親が、食品加工の事業に失敗し、人に使われるのを嫌ってぶらぶらしているという話は有名だった。僕らが会ったのは、その日もバイトだった沙那の空き時間だ。

「バンド、どうしよう」

答えがわかっているのに、僕は呟いてみた。沙那の眉がすぼまりかけていたから。卑怯者だ。沙那とベースギター以外の三人は、卒業と同時にこの土地を離れてしまう。誰もが高校時代のお遊びだと思ってやっていた。沙那以外は。

沙那は聞こえないふりをした。ポップスも映画音楽もいっしょくたに流している有線放送に気を取られているというふうに。

「東京かぁ。私も行こうかな。迷ってるんだよ」

今度は僕が聞こえないふりをする番だった。別々の想いの中に沈んでいるふりを、二人してしばらく続けた後に、沙那がぽつりと呟いた。

「かかりすぎだよね」

これ。そうつけ足して、メロディが触《さわ》れるとでもいうふうに、宙に指を突き出した。

流れていたのは、ホテル・カリフォルニアだった。

沙那はこの曲を嫌いだったわけじゃない。むしろ逆だ。だからいつも、この曲の扱いについて怒っていた。「テレビとかでカリフォルニアだった。Mにしたりしてるだろ。馬鹿じゃないんね。ホテル・カリフォルニアは、商業主義に侵されちゃって、ロックの精神《スピリッツ》はもう死んだって歌ってる曲だ。ロッカーへの鎮魂歌なんだ。あれが歌ってる『ホテル』っていうのは、どこにも行けない魂の墓場のことだよ」

沙那からその話を聞いた時、歌詞カードのない中古CDでイーグルスを聴いていた僕は、英語の授業ではけっして見せない情熱をこめてヒアリングした。まったく、おてあげ。結局、中古のレコード屋で歌詞カードだけ頂戴《ぎっ》してきた。

そこで僕は支配人を呼んだ
ワインを持ってきてくれ
支配人は言う。もうそんな酒《スピリッツ》はどこにも置いていません。

私は再び蟬時雨が降るホームに立つ。蟬の声にはヒグラシが混っていた。同窓会が開かれるのは、高校のある街。また二駅ぶん東京方面へ戻ることになる。昔に比べたら、ローカル線を走る電車は小ぎれいになった。だが、窓の上に物欲しげに用意された広告掲示用のスペースはほとんど埋まっていない。

電車が走りはじめると、間近にあった山々が少しずつ遠ざかっていく。とはいえ、車窓の向こうで地平に立ちふさがるのは同じだ。私は山裾のわずかな平地に几帳面な四角形を描く水田を眺めていた。いまは青々としているが、二十三年前に私が東京へ旅立った時には、裸の土に雪解け水が光っていた。

東京へ向かう電車に乗った僕は、発車のベルを聞き終えると、イヤホンを突っこみ、今日何度目かのホテル・カリフォルニアを聴いた。哀愁を帯びたメロディが旅立ちの気分にぴったりに思えたのだ。沙那が知ったら怒っただろう。そういう曲じゃないんだって言ったろ、って。

故郷の風景ではなく、沙那の姿を探して窓の外を眺めた。彼女が映画みたいに畦道《あぜみち》で手を振っている光景を想像して。だが、沙那はそんな甘いヤツじゃなかった。

向かいの席で声がした。

「や、シュウ君」

いつのまにか沙那が座っていた。卒業式の時だけ黒く染めていた前髪が、ピンクに戻っている。

「これからバイトなんだ。すごい偶然な」

な、じゃないよ。

「バイト、もう、やめただろ」

沙那は四月から、逆方向の沿線にある町の物産センターで働くことになっていた。

「そうそう、私、新しいバンドに入ることにした」

「知ってるよ。シャングリラだろ」

沙那は、ディープ・パープルのコピーばかりの僕らのバンドにはもったいないほどの声の持ち主だった。シャングリラのメンバーは僕たちより年上で、オリジナル曲しかやらない、地元のアマチュアバンドとしてはハイレベルな連中だ。

「そのうち東京進出する。待ってて、なるべく早く行くよ」

かつてバイトをしていた街の駅に停まると、嘘を本当にしたいらしい沙那が立ち上がった。腰を折って、僕の顔を覗きこみ、ひとさし指を立てた。

「電話、してよ」

「うん」

「電話だけじゃだめ。一カ月おきでいいから帰ってきてよ」

最初の一年は、二カ月ごとに帰った。実家ではなく沙那のもとに。沙那もバイトをした金をためて三カ月おきにやってきた。いつも日帰りだ。周囲にはちゃらけたカップルだと思われていたらしいが、僕らは案外と古風だった。不本意ながら。義理の母親が、本物の母親以上に母親らしくあろうと、沙那を束縛していたからだ。僕らがセックスをしたのは、最終電車を逃して、彼女が僕の下宿に泊まっていった晩の一度きりだ。しかも僕の焦りすぎで、不成功。

東京へ出て二年目になると、僕の二カ月おきは、半年おきになり、彼女の三カ月おきは四カ月おきになった。まだポケベルの時代だ。携帯電話は遠い世界の話。電話をしてもお互いに不在であることが増えた。

僕には僕の東京での生活があり、彼女には彼女の地元での生活があった。いや、同列に語ったら、沙那に申し訳ない。都会が楽しくて帰らなくなった僕なんかとは違って、彼女は本当に忙しかったのだ。昼は物産センターで老若男女に礼儀正しく愛想を振りまき、夜は門限ぎりぎりまでバンドの練習で世間に毒づく歌詞をシャウトする。二人とも気づくのが遅すぎたのだが、後から思えば、僕に対する心証がきわめて悪かった彼女の父親にも、ずいぶん連絡を妨害された。

もし携帯電話があれば、僕と沙那の関係は違ったものになっていたかもしれない。言いわけではなく、そう思う。『技術革新は人を変える』。当時、就職先として人気のあった、いまでは存在しない企業のスローガンだ。陳腐なフレーズだが、間違ってはいない。

別れの言葉がないまま、僕らは別れ、僕が大学を卒業した年に、沙那はシャングリラのメンバーの一人と結婚した。

高校があった街は、山影が少し遠ざかるだけで、やはり山の中だ。だが、当時の私たちにとって「東京と同じもの」が手に入る唯一の場所だった。ブランド物の服、ヒット曲でも演歌でもないCD。わが町のワールド書房では売っていない本や雑誌。ビッグマックやセブン‐イレブンのおでん。四十を過ぎて歩く街は、私が故郷を出た時より確実に古び、街並みはむしろ縮んでいる気がした。

会場のイタリアン・レストランは、長くシャッターが閉ざされストリートアートの標的にされている店の隣。オープンカフェをしつらえた気合の入った造りだ。

だいじょうぶかい、マスター。地方都市は、野望とそこそこの腕を持った人間たちが、夢破れていく場所だ。レストランも芸術的なチャレンジもロックバンドも。

沙那のバンドは私が東京へ出て三年目に解散した。

支配人は言う。もうそんなスピリッツはどこにも置いていません。

開始時間きっかりだったから、貸し切りの店内にはすでに人があふれていた。隅に椅子だけ用意した立食式。クラス四十人のうち三分の二は出席するらしい、いまでもつきあいのある吉岡からは、そう聞いていた。

「おお、水野、元気か」

野球部の長身瘦軀のエースは、体重百キロを超える巨漢になっていた。

「お久しぶり、名刺もらえる?」

眼鏡とおさげだった学級委員長は、派手なメイクのキャリアウーマン。

「変わらないな、水野は。テレビコマーシャルの仕事してるんだって」

女生徒を騒がせたハンサム男は、時間という詐欺師に、頭髪を半分がたむしり取られていた。

ほとんどの人間が卒業以来だ。少年少女だった頃しか知らない男と女が、酒を飲み、化粧をし、煙草を吸っているのが不思議だった。私は女の子ではなくなった女の子たちに視線を走らせる。沙那の姿はない。

沙那と最後に会ったのは、僕がもうすぐ二十九歳で、彼女が二十九になったばかりの頃だ。

道でばったり。狭い町だ。年に一度か二度しか帰省していないとはいえ、いままで会わなかったのが不思議なぐらいだった。お互いのテリトリーを熟知していて、気まずい再会を無意識に避けていたのかもしれない。

沙那は、田んぼの脇道や林道を歩くのに向いているとは思えないボディコンシャスな服を身につけ、バブルの名残みたいな栗色のカールのかかった長い髪をアップにして、バレッタで留めていた。自分をどうしたいのかよくわからない、僕にはそう見えた。

僕の顔を見るなり、流行に合わせて細くした眉を数ミリ上げた。

「あ、帰ってたの」上げてから、少し下げる。「聞いたよ、結婚するんだって」

「うん」

「よかったねぇ、心配してたんだよ。シュウちゃんだって、来年三十でしょ」

年上の姉さんみたいな口調だった。答える僕の声は、自分でも知らないうちに腹を立てたような調子になっていた。

「どう、そっちは。子どもできた？」

沙那は唇だけで笑ってみせた。彼女にはあんまり似合わないし、慣れているとも思えない表情だった。

「もう別れた」


もちろん、結婚を決意した時の私は、佑子を愛していた。いや、過去形ではなくいまも愛している。こう思っている。この世に他にどんな美女や良妻がいようとも、自分をいちばん理解してくれ、一緒にいて心地いい女は佑子だけ、他に誰もいない、と。

他に誰も？

正直に言おう。いまでも私は思う。沙那とずっと一緒だったら、自分の毎日は、自分の人生は、どうだったろうと。いい想像ばかりじゃない。それなのに、思わずにはいられない。佑子に、いまの生活に、不満があるわけではないのに。不満なく過ごしている時にかぎって。

去年会った時より、またひとまわり丸くなった吉岡の背中を見つけた。後ろから叩くと、これだけは昔と変わらないギョロ目を剝く。

「お、いま来たんか」

グラスを私に差し出し、ビールを注いでくる。一年ぶりの挨拶も忘れて私は聞いた。

「なぁ、松本は――」

沙那とつきあっていることを周囲に隠してはいなかったが、学校ではお互いを苗字で呼び合っていた。

「松本？　沙那のこと？　塚田沙那のことか？」

そう、塚田だ。沙那の二度目の結婚相手は、中学の同級生の塚田。五年前、父親の葬式の時に噂を聞いた。塚田は高校を中退して、実家の果樹園を継いでいる。かつての町のロックの女王は、リンゴ農家の嫁になった。

沙那に関する噂は、その前からあれこれ聞いてはいた。田舎町では、町内の人間のふるまいが、総理大臣の動向より詳細に喧伝《けんでん》されるからだ。

二十七の時に「定職にもつかず音楽をやっている半端者」と離婚し、沙那は地元の「どうもあそこはうさん臭い」リゾート開発会社で働きはじめた。そこの社長の愛人をしているんじゃないか。いや、妻子あるその男とはもう別れ、三十を超えてからはスナックで働いている。客と毎晩飲んだくれてアル中になった。いや、アルコールじゃなくて、違う依存症。昔みたいに大麻《マリファナ》――ホテル・カリフォルニアの歌詞になぞらえるならコリタス草――をやっているらしい。

全部嘘ではないかもしれない。でも半分は確実に嘘だ。沙那は僕と同様、アル中になるほど酒は強くない。初めて酒を飲んだのは、二人揃って同じ日。僕らのバンドの最初で最後のライブ、二年の文化祭が終わった夜だ。二人してコークハイ一杯で顔を真っ赤にし、二杯目で沙那は吐いた。マリファナなんて昔からやってない。沙那は十八の誕生日に煙草もやめてる。僕はよく叱られたもんだ。もうガキじゃないんだからやめな、って。

吉岡が大きな目玉をレンズの形に細めた。

「あれ、お前、知らなかったのか」

「いや、聞いてる」

町内の噂話を、聞きたくもない私に吹きこんでくる母親から。三カ月前だ。

「どうして」

自分から尋ねたくせに、私は吉岡の返事を待たず、かつてのクラスメートの中に沙那の顔を探した。どこかからいまにも「や、シュウちゃん」と声をかけてくる気がして。そんなこと、あるはずがないのに。

「まぁ、いちおう、病気ってことになってる」

吉岡は、意味ありげに唇を片端に寄せてから、肩をすくめた。

「まだ四十だよ。長患いでも事故でもなく、ある日突然ぽっくりなんて、そうはないだろ。葬式も内々。田舎《ここ》じゃあ普通ありえない。心不全ってことになってるだけさ」

なんとなく、わかっていた。信じられなかっただけだ。

π

グラスの中の氷が溶け、からりと音を立てる。

吉岡の行きつけのスナックのカウンターに私はいた。おおかたが結婚している女の子たちが半減した二次会もお開きになった後、ここへ流れてきたのは、いつも盆休みに集まる面子《メンツ》だ。

全員がウイスキーのオン・ザ・ロック。高校時代、ろくに飲めもしないのに粋《いき》がっていた頃の飲《や》り方を、一人が久しぶりにあれでいこうぜ、と言い出したからだ。ウイスキーは久しぶりだ。濃い酒に年齢がついていけなくなっているのか、胸が酷く焼けた。

「山の中で見つかったそうだ。朝、塚田の家からあいつと軽自動車が消えてて、塚田が探しまわって。で、見つけた時には、もう。聞いた話じゃ、そういうことだ」

吉岡は町内の公式見解以上のことを知っていた。この男は私や沙那と中学も一緒で、私の実家のある町にいまも暮らしている。横に座る吉岡のぎょろ目が、少しは何か喋れ、と催促するように私の顔を捉えていたが、私は黙ってグラスの中の氷が溶け出すのを眺めていた。

「まぁ、病気と言えば、病気だな。そういう衝動は、あの病気の症状だ」

私に気を使ったのか、せりふを曖昧《あいまい》な言葉で濁す。衝動というのは、自殺衝動、あの病気というのは、鬱《うつ》病のことだ。

もう一人が言った。この男は高校のある街の市役所勤務。

「俺、会ってるんだよな、その少し前。街中で偶然。例のそれの、ほんの三、四週間前だよ。ほんと普通だったぜ。子どもの服を買うとかなんとか言ってた。あの松本がいい奥さんしてるって、逆にびっくりしたぐらいだ」

東京の家電メーカーに勤めている別の一人が、いちばん奥で声を出す。

「俺の会社にも一人いた。樹海で見つかった。治りかけの時期がかえって危ないらしい。気力が戻ってくるから。死のうとする気力も。しかたないんだよ。心の風邪ってよく言うじゃん。こじれたら死ぬこともある。旦那や家族は責められない」

何を言われても、信じられない。同窓会には確かめに来たようなものだった。沙那が自分で死を選んだりしてはいないことを。願わくば、死んだという話もでまかせであることを。

後先を考えないやつだから、沙那は試しに死の淵《ふち》を覗いてみて、覗きこみすぎてバランスを崩して、あちら側に落ちてしまったのだ。

そう思いたい。そう思わなければ、グラスの氷みたいに、体が溶け出してしまいそうだ。

危なくないって、ほら、もう少し、こっち。

「寿命っていうのは、消費エネルギーの総量のことを言うんだってさ。ハツカネズミって二年ぐらいしか生きないだろ。あれ、活動が激しすぎてエネルギー消費が早いからだそうだ。心拍数がゾウの何十倍だかの速さなんだ。ハツカネズミにしてみたら、一日はゾウの一カ月ぶんの長さなんだよ」

吉岡の言葉に、漫画同好会に入っていた家電メーカーが頷いていた。

「人間も同じだよな、きっと。俺らが子どもの頃の漫画家を考えてみ。早死にが多いんだ。みんな六十ぐらいで逝《い》っちまう。昔の漫画家ってめちゃくちゃ仕事かかえて、徹夜の連続の生活を何十年も続けてたヒトばっかりだから。人の一生分の昼を生きちゃったんじゃないかな。生き急ぎってやつだ」

生き急ぎ。早く死んだ人間に、人はよくそう言うが、死者も生者もそう変わりはしない。誰もが生き急いでいる。鬱病の蘊蓄《うんちく》も、ハツカネズミも、早死にしてしまった漫画家たちも、私にはどうでもよかった。沙那のことだけを考えていた。

「山は嫌いだ」

沙那が眉をハの字にして言った。彼女が海だと言い張る光が消えかけた頃だ。小学四年の僕は、その言葉をクワガタが採れなかった負け惜しみだとばかり思っていた。転校してきてそんなに経っていないのに、沙那のほうが僕よりよっぽど山にくわしかったから。

「他に行くとこがないから、来てるだけだよ」

見渡すかぎり山しかない風景をぐるりと見まわした沙那は、ひよこみたいに唇を尖らせて、もう一度、山は嫌い、と呟いた。最後の一枚のフルーツミントガムを半分にちぎって僕に寄こしてきて、言った。

「ねぇ、ときどき、大きなブルドーザーで、目の前の山を平らにしちゃいたいって、思うことない？」

「別にないけど」やってみたい気もする。

「あたし、いつか、ここを出ていくから」

今日初めて口をきいた女の子なのに、僕は思った。出ていかないで欲しいな、と。

結局、いつか出ていくはずの沙那がここへ残って、私が巨大なブルドーザーなどなくても平べったい都会へ出てしまった。そして、沙那は出るはずの山の中で命を絶った。

同窓会のあった翌朝、佑子から電話があった。

「明日から行ける。菜々実も。子どもだけでディズニーシーに行くのはだめって、どの子かのお母さんが反対したみたい」

どちらかというと低めの佑子の声が、やけに甲高く聞こえて、頭に突き刺さる。昨日遅くまで、強くもない酒を飲みすぎたせいだ。

「でも、俺、もう帰るつもりなんだ」

長居はしたくなかった。二、三日泊まっていくと告げてしまった母に、どんな言い訳をすればいいか考えていたところだ。

「なんで？　あんなに無理して休みを取ったんじゃない」

急に仕事ができたという言い訳は、母には有効かもしれないが、佑子には通じない。

私の声はうわずってしまった。

「まぁ、そうだけど」

「なるべく早く行くから。待ってて」

妻の言葉が別の誰かの声に聞こえた。


しばらくぶりに足を向ける場所だったのだが、迷うことはなかった。県道沿いの風景は変わっても、一歩脇道に入れば、時間が止まったままの風景が広がっていた。

私は時を遡《さかのぼ》るように坂道を歩く。道の片側では女郎花《おみなえし》の黄色い花群れが風に踊っている。樹上から降ってくる蟬の声はてんでんばらばらで、音量ばかり大きい下手くそなバンドの演奏に聴こえた。

塚田の家は、私の記憶の中の古い日本家屋ではなくなっていたが、広い前庭と、車と農機具が並んだ納屋は、二十数年前と変わらなかった。納屋の隣、土蔵があった場所には、洋風の小さな二階建てが建っている。窓から覗くカーテンは春の花の柄だった。

この家を訪れるのは、三度目か。私が親しかったのは死んだ俊也のほうで、塚田とは俊也がいなくなってからは、路上で顔を合わせる程度だった。

塚田は納屋で農薬散布機の手入れをしていた。私の突然の訪問に驚いた顔をしたが、すぐにそれを笑顔に変えた。泣き顔みたいな笑い顔だった。十数年ぶりに会うその顔は皺《しわ》が目立ち、同い年とは思えないほど老けて見えた。

「帰ってきてたのか」

「ああ、お線香を上げに来た」

奥座敷の大きな仏壇の前に精霊棚がしつらえてあった。見覚えのある塚田の母親が奥から顔を出したが、無言で頭を下げてきただけで、すぐに引っこんだ。はずれくじだった嫁と、私の訪問を、迷惑がっていることを隠そうともしない渋面だった。

遺影の中の沙那は、髪が短くなっていたが、最後に会った二十九の時と、そう変ってはいなかった。黒枠に囚われたその顔は、私ではない誰かに笑いかけている。私は線香を立て、彼女の顔に手を合わせた。ほんの十秒ほどだったが、私には三十年分だ。新盆《にいぼん》の盛大な供え物の中に、胡瓜の馬と茄子の牛がぽつんと置かれていた。牛が真ん中。足の速い胡瓜の馬は、脇に寄せられている。今夜は送り盆だ。

長居を拒んでいるような小さな湯呑みを差し出してきた塚田が、自分の湯呑みにぽつりと言葉を落とした。

「ほんとにわからないんだよ、理由が」

私は味のしない茶を飲み、なかなか後が続かない塚田の言葉を待った。

「三年前に流産して、それから具合が悪くなっちまったんだけど、また妊娠したって今年になってわかってからは、張り切ってたんだ。年齢からしたら、今度こそ最後のチャンスだって言って。子どもの名前だってあいつが考えてた。男だったら――」

もし自分に子どもが生まれたら。まだ電話で長話をし合っていた頃、沙那が突然、そう言い出したことがある。きっかけは中学の同級生の一人に子どもができたという世間話だったのだが、沙那はやけに真剣だった。でも、塚田の口から出た名は、その時に聞いたものとは違っていた。当たり前なのだけれど。

女なら、いあん。男なら、ぎらん。双子だったら最高だよ、シュウちゃん。

「奥さんが——」

「沙那でいいよ。つきあってたんだろ、お前ら」

「亡くなったのは、林道を上がったとこ？」

「ああ」

「ダム湖が見えるところかな」

「ダム湖？　西側ってことか？　違うよ。林道の脇道に車が停まってた」そこで塚田は言葉を切り、おそらく相当な努力を払って次の短いフレーズを絞り出した。「練炭だ」

「そうか」

それが聞けただけでも、ここへ来てよかった。

「お前が悪いわけじゃない。病気が連れてったんだって、みんなは言う。陰で何を言ってるか、わかったもんじゃないけどな。俊也の時だってさ——」

塚田は自分だけが生き残っていることに困惑しているようだった。

「なぁ、修二。本当にそうかな。俺にはわかんねえよ」

もちろん私は塚田が聞きたがっているせりふを口にした。

「お前のせいじゃないよ」

自分自身に言い聞かせるように。

「俺に何か足りなかったのかな」

俺に何か足りなかったのかな。

「してやれることがあったかもしれない」

してやれることがあったかもしれない。

「あのさ」私にというより、私の背後にいる誰かに向けるように、塚田がむりやり笑顔をつくった。「顔は、きれいなままだったよ。体にはどこにも傷がなかったし」

眉はどうだっただろう。ハの字になってはいなかったろうか。嗚咽しはじめた塚田に聞くわけにもいかなかった。長い嗚咽の後に、塚田がまた、無理して唇の端をつり上げた。

「笑ってるみたいに見えた。やっと落ち着けたって感じで」

崖っぷちの白樺の木はとうの昔に朽ち果てていたが、問題はなかった。小学生の頃、はるか頭上に見えた枝の高さは、いまの私の目線とそう変わらないはずだから。沙那とは何度か「海」を見に出かけたが、小学五年の郷土地理の授業で町の西方にダムがあることを習ってからは、沙那からの誘いはぴたりとなくなった。

問題は、濃緑の山々を一枚布の紗《しゃ》でくるんでしまった霧だった。私は胸元までしか幹が残っていない白樺の脇に立ち、落ちようとしている陽が朧《おぼろ》な歪んだ円となった西の山々に目を凝らす。海は見えなかったが、しばらくそうしていた。

諦めて立ち去ろうとした時、誰かの差し金のように霧が晴れた。

見えた。

三十年ぶりに見る「海」は、光が淡く、鈍色《にびいろ》であるぶん、よけい海らしく思えた。

「ほら、海だ。あれ、やっぱり、海だよ」

私の独り言は山しか聞いていなかった。

山の中にいると時おり、おそろしく長生きをしている年寄りに、どこからか自分の姿を見つめられている気分になる。気まぐれに吹き、潮騒のように木々を騒がす山風は、その爺だか婆だかが、人の寿命をせせら笑う鼻息だ。

実家の門の前、佑子が乗ってきた大宮ナンバーが停まったすぐ先で、送り火の支度が始まった。

母を手伝う佑子の視線が、昨日から私には痛かった。その目は、なぜ私が大切な仕事の予定をキャンセルしてまで休みを取り、同窓会に出ようとしていたのか、すべてお見通し、と言っているようだった。

母は、甥が適当に置いた馬と牛の位置を、背中を小さく丸めて入れ替えていた。今回は、火を焚く素焼き皿のすぐ手前に茄子の牛。足を直しても首がかしいだままの胡瓜の馬は、脇に追いやられた。母の背中が言っていた。まだ行かないで、と。

麻殻に火が点《とも》された。火はたちまち燃え上がり、すぐに風に負け、煙に変わる。夕空に立ち昇った煙は、山からの風に流され、別の山の方角へ消えていく。

菜々実と、ひとつ年上の姪が、笑い声を立て、母がそれをたしなめている。こらこら、ジィジがちゃんと帰れなくなるよ。

どこへ帰るのだろう。私は考えた。

胡瓜の馬が、牛のかたわらで、私のかわりに首をかしげていた。

π

「明日、また、行こうな、な」

沙那が言う。くぬぎの木のことだ。まだクワガタをあきらめていないのだ。走りながら息をはずませて、また僕に声をかけてくる。

「ぜったい、いっしょに、行こう」

日が暮れはじめ、辺り一面の樹々がだんだん影法師になっていくのが恐ろしくて、僕にはそんなのんき気な言葉に答えている余裕はなかった。でも、すぐ隣を走る沙那の眉がハの字になりかけたのを見て、首を大きく縦に振った。

「約束する」

なぜだろう。今日初めて話したばかりなのに、思ったんだ。この子のハの字の眉は見たくないって。

「忘れるなよ」

「忘れないよ」

僕の言葉を聞いて、沙那が笑った。

「な」

月の上の観覧車

「社長、よろしいのでしょうか、お一人で」

佐久間が半円形の窓の向こうから気づかわしげに問いかけてきた。芳《かんば》しいとは言えない私の体調を慮《おもんぱか》っているのだろう。硬く小さな椅子の感触をむしろ楽しみながら、私は頷いた。

「うん、構わないよ。ドアを閉めてくれ」

硬質プラスチックを嵌《は》めこんだ扉が閉じると、乗り場《デッキ》を照らしていたライトが消え、半円の小部屋が外と同じ闇に包まれた。佐久間がベテラン秘書らしい慇懃《いんぎん》さで直角のお辞儀を寄こしてくる。遊園地の観覧車で空を一周するだけだというのに、大げさな。誰かの深いため息に聞こえる始動音がし、ゴンドラが小さく震えた。

観覧車は私の会社が所有するリゾート施設のアトラクションのひとつだ。直径六十メートルという大きさは、大都市の遊園地やテーマパークに設置される超大型に比べれば、こぢんまりしたものだろうが、スパリゾートの付帯施設であるこの遊園地の中では、唯一と言える呼び物だ。高原という立地を生かした景観が自慢で、ゴンドラが頂点に達した時の標高は八百二十メートル。これだけは日本屈指の数字だ。一周、十五分。

遊園地の営業時間が終わった後に、無理を言って動かしてもらった。だから、乗客は私一人。乗るのは、ここを開園した十七年前のオープン記念の時以来か。経営者なんて、そんなものだ。

ゴンドラがゆっくり動き出した時、再び扉が開いた。佐久間か。来なくていいと言ったのに、危ないじゃないか。首を振り向ける前に、声が飛んできた。

「わたしも一緒に行く。いいでしょう」

遼子《りょうこ》の声だった。有無を言わせぬきっぱりした口調は、私に驚く暇も与えなかった。

「まるで、決死隊だな」

私は動揺を隠して、軽口めかした呟きを漏らした。左右二人分ずつのベンチのこちら側、私の隣で遼子が囁き返してきた。五十年前、初めて会った時と同じ、小さな笑いをふくんだ声で。

「でも、そうでしょう。あなたの顔に書いてある」

観覧車には、不思議な思い出がある。

私がまだ幼かった頃だから、いまから六十何年も前だ。戦前だったか戦中だったか、はっきりした日付けは記憶していないのだが、戦局が厳しくなってきた頃には、遊園地の乗り物の金具ひとつでさえ軍事物資として供出され、兵器に変えられていたはずだから、おそらく昭和十六年、遅くとも十七年あたりだったと思う。どちらにせよ、東京の空襲が激しくなり、父が故郷に疎開する前の、一家で東京に暮らしていた一時期のことだ。

場所はどこだったろう。当時の私の家から長く移動せずに行けた所であるなら、鶴見の花月園か玉川の読売遊園、どちらかのはずだ。

生まれて初めての観覧車だった。親子三人で乗った。飛行機は交通手段ではなく兵器であり、乗るとするなら航空隊に入るしかない時代だ。空の高みに昇る浮遊感と、刻々と変わっていく地上の景色は、幼い私を興奮させた。

味をしめた私は、もう一度乗りたいと、ずいぶん駄々をこねたらしい。このあたりの事情は、何年も経ってから父に聞かされたものだが、私よりもっと幼かった妹は、逆にすっかり怯《おび》え、ゴンドラの中で泣き通しだったそうだ。しかたなく父は、私をひとりで乗せた。この頃の父は私たち兄妹に甘かった。不慣だと思っていたのだろう。

二度目の空中遊覧に私は有頂天だった。なにしろ一台をまるごと独占できるのだ。私はゴンドラの中を右に左に移動し、小さくなっていく人間や建物に歓声をあげ、近づいてくる雲にまばたきを忘れた。当時は想像上の乗り物でしかなかった宇宙船の操縦士になった気分だった。

時刻は夕暮れ時。これは確かな記憶だ。ガラスはなく鉄柵が嵌めこまれただけの窓の向こう、薄暮の空に白く薄い月が昇っていたのを、いまでも覚えている。上弦の細い弓のかたちの月だったことも。

私の高揚は長くは続かなかった。自分が独りぼっちで空の上にいる。その当たり前の事実に、幼い頭が遅ればせながら気づいたからだ。面白がって小道をどんどん進んでいるうちに、ふいに辺りが見たこともない風景になっていることに気づき、心細くなって振り返ると、一緒に歩いていたはずの道連れが誰もいない。そんな孤独。しかも孤独の空間は空の高みに向けて、じわじわと上昇を続けている。

このままゴンドラが昇り続け、二度と地上へ戻れなくなるのではないか、という妄想に囚われはじめたとたん、息が苦しくなった。鉄柵で囲われた空間が、自分をどこかへ連れ去ろうとする牢獄に思えてきた。色を失いつつある空を眺めることが恐ろしくなり、反対側の窓を覗くと、そちらでは幾重にも交差した鉄製のスポークがぎしぎしと動いていた。幼い目にはとてつもなく大きく見えた観覧車の駆動装置としては、スポークは細く頼りなく、いまにも折れてしまいそうだった。孤独と上昇への不安に、落下の恐怖が加わった。だから、私は下ばかり見つめた。地面がまだそこにあり、人々の喧騒が途絶えていないことを確かめるために。

ゴンドラが頂点に達した時、ひとつ後ろのゴンドラの中が見通せるようになった。すぐ近くに人がいることに、私は少しだけ安堵した。そこには、私と同様に女性がたった一人で乗っていた。藤鼠《ふじねず》色の着物姿で、縁《ふち》を内巻きにした一枚貝を思わせる髪形をしていた。

背を向けていたその女性がふいに、私の視線に気づいたようにこちらを振り返った。かすかに微笑んでいた。心配しなくても平気、と私をなだめるふうに。

私の目は、鳥のように丸くなっていただろう。

その顔は、先年、病で亡くなった私の母のものだった。

見間違いではない。いまでもそう信じている。私には母が生きていた頃の記憶はないのだが、その年齢の時には、まだ生々しく残っていたはずだ。目に焼きついている特徴的な髪形も、後《のち》になって、父が新しい母を迎えるまで仏壇に置かれていた写真とそっくりだった。

観覧車を降りた私は、場外で待つ父のもとへは戻らず、自分のひとつ後ろのゴンドラから出てくる女性を待った。母によく似た女性、いや、死んだと聞かされたのは、実は嘘で、私たちのもとへ戻ってきた自分の母を。

ゴンドラは空《から》だった。

母を見たことは、父には話さなかった。当時の私は夜中にしばしば母の夢を見、母を呼んで飛び起きることが再三あったそうだ。私がその話をすれば父が悲しむことを、子どもなりの分別でわかっていたのだと思う。

だから私には、生前の母の記憶がなくても、面影が頭に刻まれている。


高原の観覧車は夜空へゆっくり上昇し、時計の九時の高さになった。ここからがこの観覧車の醍醐味《だいごみ》だ。左手の稜線の先に視野が開け、眺望を楽しむことができるのだ。山麓は、春には淡く夏は濃い緑一色になる。秋には紅葉の赤や黄に染まる。冬にははるか遠くの銀嶺が望める。運が良ければ一面の雪景色も。

日がとっくに暮れているいま、目の前にあるのは、広大な闇だ。

闇にも色と風景がある。手前の山裾は漆黒。空の黒は淡い墨の色。雲はさしずめ筆のかすれ。墨をいちだん濃くしたような彼方の稜線の下では、街の灯が不規則な点描となっている。淡い黄色の光の帯は国道だ。ここを夜間営業にしなかったことが残念に思えた。月の光が明るいせいか、星は少ない。

「何を考えてるの」

遼子が問いかけてきた。答えるべきかどうか迷ってから、曖昧《あいまい》に呟く。

「いや、別に何も」

父のことを考えていた。

父は老舗《しにせ》旅館の三男だった。次兄が戦死し、終戦の年に長兄も病死したために、故郷に残り、本来ならば継ぐことはなかったはずの家業を継いだ。

戦後の観光ブームに乗って、経営は順調だった。先代である祖父の死後、いっさいを任された父は、敷地内に地上五階建ての新館をオープンさせた。私が高校二年、日本に特需景気が訪れ、まもなく高度成長という特急列車に乗り換えようとしていた時期だ。これが当たった。

東京の大学に通いはじめた頃には、新館は本館になり、旅館の名の後にホテルの三文字が加わった。さらに二年後、父は本館より大きな隣街のホテルを買収した。

父には商才があったようだ。母の死と引き換えに幸運も手に入れたのだろう。誰かを大声で怒鳴りつけたり、強引に自分の意見を主張したりする人ではなかった。優男《やさおとこ》風の外見も押しの強さとは無縁で、息子である私の目にも親から身代を譲り受けただけのボンボンにしか映らないのだが、人の器にもいろいろあるらしい。父の器は他人が中を満たしたくなる器だったのだと思う。

父は聞き上手だった。人の言葉に率直に耳を傾け、自分で決断を下した事業でも、成功すると発案者や現場の手柄にした。私にも経験があるが、同族会社のトップはどれだけ努力をしても、他人にはなかなかそれを認めてもらえない。普通の仕事を普通にこなしているだけでは、往々にしてぼんくら扱いされる。父はそれを苦にしなかった。それはひとつの才能と呼べるものだ。

父は私に自分の仕事を継がせたがっていた。大学は経営学部に、と珍しく私に意見した。

私にはその気はまるでなく、日大の芸術学部に進んだ。映画の仕事がしたかったのだ。

一九五〇年代。日本映画界が華やかなりし頃だった。銀幕の内側の世界に入りこめるのなら、どんな仕事でも構わない、他人にはそう語りつつ、密かに狙っていたのは、映画監督だった。いま思えば、身の丈知らずで、大雑把な夢だ。フィルムカメラの使い方もろくに知らなかった。そのくせ半端に計算高い。監督が狭き門だとわかってくると、脚本を習作しはじめた。これなら原稿用紙と万年筆だけでできたからだ。

故郷に帰れば、観光ホテルの若旦那。大卒がまだまだ就職難の時代だったから、友人たちは私を羨《うらや》んだが、私は就職活動にあくせくする友人たちが羨ましかった。代わってもらえるものなら代わりたかった。

目的地がどれほど素晴らしい場所であっても、行程がいかに快適ですみやかであったとしても、あらかじめ決められたコースは退屈だ。窓のない乗り物で旅をし、行く先々で絵葉書どおりの景観を見せられるようなもの。

大学を卒業しても私は故郷には戻らなかった。高校三年の時にいきなり引き合わせられた、父の再婚相手との折り合いが良くなかったことも原因だった。義母のことを持ち出すと、叱るのが苦手な父はいつも黙りこんでしまった。

松竹のシナリオ研究所に通い、週に一度か二度名画座で二本立てを観、仲間と安酒を酌み交わし、観て来たばかりの映画をこきおろし、自分たちが手がけたらもっと素晴らしい映画になっただろうと、大風呂敷を広げあう。そんな毎日を送っていた。金はなかったが、働かなくても食っていけた。その金の出所については、頭の隅に押しやっていた。

四つ年下の遼子と出会ったのもこの頃だ。舞台女優の卵だった。昼間は洋品店で売り子をしていた。

「いいご身分ねぇ。遊んで暮らせるなんて、外国映画の中だけの話だと思ってた」

友人が私を引き合わせ、私の出自と暮らしぶりを茶化し半分で紹介した時の、遼子の言葉だ。かすかに笑いを含んでいた。いけすかない女だと思った。ほんの最初だけ。

父が倒れたという手紙が義母から届いた日、私は後楽園球場にいた。長嶋が新たなスタァとなったばかりで、王がまだ二本足で打っていた頃だ。

巨人ファンばかりの観衆の中で、私は故郷の球団である広島カープを応援していた。創設以来、優勝はおろか、一度も勝率五割に達したことのないチームだった。秋風が吹く頃で、その年も優勝にはほど遠い成績で終わることは明白だった。先発は西鉄から移籍してきた河村。この試合にカープが勝ったら、広島に帰ろう。決断することを恐れた私は、自分に博打《ばくち》を打った。にもかかわらず試合の結果はまるで覚えていない。結論が怖くて、酒を飲みはじめ、したたか酔ってしまったからだ。

気がついた時には、一人で後楽園の観覧車の乗り場にいた。閉園直前だったのだろう、辺りはもう暗くなっていた。

なぜこの時、一人で観覧車に乗ろうなどと考えたのか、ただでさえ遠い昔のことだし、それまでの記憶は酒に消されているから、いくら首をひねっても、まるっきり思い出せないのだが、ただひとつ確かなことは、私の頭上に月があったことだ。半月だったと思う。いま考えると、その月を見て、何かを予感したのかもしれない。

途中の記憶は曖昧だが、乗ってからのことは鮮明に覚えている。私は夜景には目もくれず、ひとつ下のゴンドラばかり眺めていた。そこにいるかもしれない誰かの姿を探して。

車輪が四分の一周を過ぎ、ゴンドラの中が見通せるようになった。そのとたん、私は失望した。女性の姿はあったが、当時流行《はや》りだったオードリー・ヘップバーン風のショートカットで、顔は似ても似つかない丸顔。隣ににやけ顔の男がいた。

ため息をついて、首を戻した。

反対側の座席に、父が座っていた。

「どうしたの、いきなり観覧車に乗るなんて言いだして」

遼子の声が、私を高原のゴンドラに引き戻した。

どうしてだろう。乗ろうと思えば、機会はいくらでもあったのに。

怖かったのかもしれない。

また誰かに出会うことが、ではなく、出会えないかもしれないことが。


五十年近く前、観覧車の中で出会ったのは、私と同年輩の父だった。

窓の外はすでに暗かったが、月明かりのせいか、観覧車のイルミネーションのためなのか、ゴンドラの中はぼんやりと明るかった。

そのほのかな明かりの中に、若かりし頃の父がいた。

戦前には写真を撮ることは特別な行事で、しかもこの頃、父は単身東京に出てきている。そうした余裕がなかったのか、疎開のごたごたで散逸してしまったのか、青年時代の写真は一枚も残っておらず、私は二十代の頃の父の姿をまったく知らない。それでもすぐに父だとわかった。

額から眉にかけて、子ども時分に竹馬から落ちたためだという縫い傷があった。そう酷いものではないのだが、片眉が少し欠けて見える独特の傷痕《あと》だ。そもそも驚くほど私に似ていた。服と髪形だけすげ替えて、鏡に映したように。

二十代の父は、当時の人間としては髪が長かった。傷を隠すように前髪を額に垂らし、顎に指をあて、物憂げに窓の外を眺めていた。長い髪の上にはベレー帽。身につけている民族衣装風のシャツは、確かルパシカという名の、昔の画家が好んで着ていた服だ。写真館で、芸術家を気取ってポーズをつけている自意識過剰の若者、ひとことで言えば、そんな印象だった。

窓の外から、ジェットコースターの走行音と、悲鳴に近い歓声が聞こえてきた時、私はようやく見えるはずがないものが見えていることに驚怖し、声をあげた。酷い酔い方をしたに違いないと考えて、目の前の幻覚を消すために手のひらで顔をこすった。そんなことはすべきではなかった。後からどれだけ後悔したことか。もう一度、顔を上げた時には、父の姿は消えていた。

そののち、私は実家で、父の遺品の中にベレー帽を見つけた。大量のスケッチブックと、幾枚かの静物画が描かれたキャンバスも。素人画家とは言えない絵だった。

初七日の席で、親類たちから、父が東京へ出たのは、美術学校に通うためであったこと、三男の気楽さで画家を志していたことを聞かされた。

初耳だった。幼い頃の私は、父の職業を教師と教えられていた。それは私が生まれた後に得た職だったらしい。東京の家には離れがあり、そこに入った時、いま思えば油絵用のテレピン油のものに違いない匂いがしたことは覚えているが、父が絵を描いている姿は私の記憶にはなかった。

すべては後で知ったことだ。その夜、私は、泥酔の果ての幻覚にしては鮮烈だった父の姿に首をひねり、閉園時間の過ぎた遊園地から追い立てられながら、ぼんやりした頭で考えた。やっぱり広島へ帰ろうと。

最初にしたことは、遼子が暮らしていた隅田川沿いのアパートへ行き、一緒に行かないか、と口説くことだった。五十年も前の恋だ。まだ男女の関係はなかったが、映画で覚えた不器用なキスは逢うたびになっていた。懇願さえすれば、二つ返事でついてきてくれる。私は勝手にそう考えていた。

答えはこれだった。

「嫌よ、酔っぱらい。どうせ明日になったら忘れてしまうんでしょ」

若く、まだ何も手にしていない、その時の私が持ち合わせていたのは、もてあますほどの自尊心だけだった。私はその言葉を、私に対する全面的な拒絶だと思いこんだ。

一人で夜行列車に乗り、翌日の午後には広島に着いたのだが、父の死に目には会えなかった。前日の夕方から意識がなくなり、今朝《けさ》早くに息を引き取った。妹からはそう聞かされた。

観覧車が標高八百二十メートルの頂点に近づいていく。

雲が去り、真正面の空に月が見えた。満月だ。数時間前に沈んだ太陽からきんぴかのメッキを剝《は》がして、再び空へ放り出したようだった。

高原の空気が透き通り、ひりひり肌を刺す季節だからか、月は暗い海の岸辺がわかるほど鮮やかだった。地表から見上げるよりずっと大きく見えた。月はまだ低く、私の乗ったゴンドラは、そのさらに上の高みに達しているふうに思えた。まるで大円の月を見下ろしているかのように。

静かだった。隣で遼子が息をのむ。私はずっと月を見ていた。


故郷に帰った私を待っていたのは、コップの中の嵐だった。小さくて、いじましいつむじ風が吹いているだけなのだが、何しろ狭くて、どこにも逃げ場がない。

伯母と子会社の社長をしている彼女の夫、すでに結婚していた妹と父に請われて銀行から転職し、財務を任されていたその夫、私の知らぬ間に二つの陣営ができていた。そこにそれぞれの肩を持ち、裏で糸を引く古株の番頭たちが加わって、社長の椅子と、そこに連なる席順を争っていた。

いったんは席順を放棄しておきながら、のこのこ戻ってきた私は、招かれざる客だった。唯一の理解者だと思っていた妹の目も冷たかった。いつの間にか、よその家の人妻の顔になっていた。唯一、私をかばってくれたのは、一度としてお母さんと呼んだことがなかった義母だった。

結局、伯父が社長になり、私は下足番から仕事を覚えることになった。伯父からは、時期が来たらお前に譲る、それまでの修業だと言われて。祖父の代から番頭を務めていた専務には、飼い殺しにされますよと忠告されたが、私に不満はなかった。むしろ、少しの狂いもなく敷かれていると思っていた自分の人生のレールが、案外に曲がりくねっていて先が見えないことを喜んでいた。

故郷では、映画のことは忘れた。トリュフォー、ゴダール、大島渚、篠田正浩。私とたいして年の変わらない二十代の監督が次々とデビューし、ヒット作を連発していた頃だった。だからよけいに忘れようとしていたのだと思う。

東京も忘れた。東京での出来事を自ら人に語ることもなかった。中国山地の真ん中にあるこの街にとって、当時の東京はニューヨークより遠い場所だった。何を話そうが、親の金で遊び暮らしていた放蕩息子の鼻持ちならない自慢話としか受け取ってもらえなかっただろうから。

だが、遼子のことだけは忘れられなかった。だから、何度も手紙を書いた。遼子のアパートには共同電話すらなく、郵便が唯一の細い糸だった。ろくに事情を説明せずに広島へ帰ってしまったことを怒っていたのか、返事は戻ってこなかった。

故郷に帰った翌年、私は遼子に会いに行った。東京の友人からは、舞台女優をあきらめ、運送会社の事務員をしていると聞いていた。その日は彼女の二十二回目の誕生日だった。まだそこに住んでいることを祈って、アパートのドアを叩いた。片手に大きな薔薇《ばら》の花束を抱えて。映画の道を諦《あきら》めたとはいえ、一生に一度ぐらい、映画の主人公を気取っても、バチは当たらないだろう。

やはり私は脚本家には向いていなかったようだ。夜行列車の中で考えに考え抜いたプロポーズの台詞《せりふ》は、遼子をうっとりさせるどころか、眉をつり上げさせてしまった。

「このあいだの答えを、聞きに来たよ」

遼子も女優には向いていなかったと思う。私に向かって何か口にしかけたが、結局、どんな台詞も言えずに、私に抱きついてきた。

六〇年代は、ジェットコースターだった。

J・F・ケネディが撃たれ、ビートルズが歌い、若者が髪を伸ばし、大人がそれを切り、ベトナム戦争への反対を巡ってたくさんの小さな戦争が勃発し、所得と物価は追いかけっこをするように上昇し続け、新幹線が走り、東京でオリンピックの聖火が走り、人類が月に到達し、安田講堂が陥落した。

私と遼子は二人並んでコースターに乗り、めまぐるしく変わる時代に驚きながら、時に歓声をあげ、時に不安に手を握りあった。私は下足番から調理場の見習いに昇格し、遼子はホテルのレストランのウェイトレスとして働いた。

週末にはたいてい二人で映画館へ行った。頭の中だけの完成することのない自分の映画と比べて勝手に嫉妬したり憤ったりせずに映画を観ることが、これほど楽しいとは。たとえつまらない映画だったとしても、二人で観れば楽しかった。外食はふた月に一度の贅沢だ。質素な食事も、二人で食べれば御馳走《ごちそう》だった。時には喧嘩もしたが、翌日に持ち越すことはまれで、それもせいぜい朝までだった。

子どもはつくらなかったわけではなく、できなかった。どちらが原因なのかはわからなかったし、知ろうともしなかったのだが、半世紀近く前の田舎町では、まして調理場見習いとはいえ前社長の長男夫婦の場合、子どもをつくらないことは悪しきことで、その根源は遼子にあると周囲は見なした。

結婚して七年目に、私は秘かに医者に診てもらった。原因は自分にあると喧伝したかったからだ。結果は異常なし。遼子にその話をしたことはない。

大阪で万国博覧会が開かれた年、私は社長に就任した。伯父のワンマン経営に不満を持つ取締役たちが、クーデター同然に不信任を突きつけ、部長に格上げされていた私を担ぎ出したのだ。

いっそ同族経営はやめたらどうか、その頃、県内の同好の士と自主制作映画を計画しはじめたばかりだった私は、社長の座よりもアマチュア映画のディレクターズ・チェアが欲しくて、本気でそう提案したのだが、専務に一蹴されてしまった。「それでは下の者に示しがつきませんよ」田舎町の老舗の体質は、封建時代とそう大きく変わりはしない。

結局、首を縦に振ったのは、おそらく父のベレー帽を思い出したからだ。自分で自分のレールをつくりたいのなら、敷かれたレールから飛び出さなければならない。考えてみれば、小さなホテルチェーンの役職とはいえ、私が三十そこそこで部長という肩書を得られたのも、父の長男だという理由しかなかった。文句を言うのは、そこから飛び出すか、その上をきちんと走ってからだ。

そういうわけで、私は二度、映画を裏切り、行く先知らずのレールの上でのろのろ運転を続けていた人生を、三十五歳にしてギア・チェンジした。伯父の社長時代に停滞していた業績を、私は急斜面を駆け上がる勢いで伸ばしていった。

古株の社員たちからは、父の再来、いや、それ以上、と買いかぶられたが、とんでもない。自分に父以上の商才があったとは思えない。父以上の幸運に恵まれたのだ。

大阪万博は、その年の国内旅行者の数を、いっきに前年の一・五倍に引き上げた。七五年に山陽新幹線が全面開通して、遠方からも客が訪れるようになった。同じ年に広島カープが初優勝し、以後、長きにわたって黄金時代が続く。カープが優勝するたびに、県の涯にある私の街にも特需がもたらされた。

若い女性たちが積極的に旅をするようになったのもこの時代だ。彼女たちは、いままでの温泉場には飽き足らず、洒落《しゃれ》ていて、癒しのある、新しい穴場を求めていた。まだじゅうぶん若かった私には、時代の空気を何のフィルターも通さずに嗅ぎわけることができた。建設直前だった新しいホテルを若い女性向けに設計変更した。そのホテルは、女性週刊誌や旅行ガイドに数えきれないほど紹介された。

一九九〇年までの二十年間に、私たちの系列ホテルは、県内外五つに増えた。十一月から滑れる人工雪ゲレンデのスキー場をオープンし、創業の地であるここに、スパリゾートと遊園地を開設した。私は県の実業界のカリスマに祭り上げられ、全国の観光業界内でも、少しは知られる名になった。ビジネス誌がしばしば成功の秘訣を聞きに私の元へやってきた。

特別なことをしたわけじゃない。父の真似《まね》をしただけだ。

自分の考えを無理に通さず、常に人の言葉に耳を傾け、良いと思ったことは、すみやかに決断する。

これさえきちんと守っていれば、経営者はそう失敗はしない。

観覧車はゆっくりと高原の夜空を駆けめぐる。頂点に達したいま、視界には空しかない。仄《ほの》かな光を帯びた闇を進むゴンドラが、このまま空の涯まで飛んでいってしまいそうだ。子どもの頃は、その想像を恐れたが、いまは、叶うなら本当に飛び立ってみたい気がした。

「きれいな月ね」遼子が言った。

「うん」もう何のためらいもなく、私は遼子に答える。

「でも、あなた、月を見に来たわけじゃないわよね」

「ああ」お見通しなんだな。

　諦めていた子どもを、神様の気まぐれのように授かったのは、遼子が三十八の年。私は四十を過ぎていた。羊水検査で生まれてくる子どもに異常があることがわかったが、私たちは産む選択をした。

　男の子だった。先天的な心臓疾患と軽度の知的障害があった。私たちは、久生《ひさお》と名づけた。長生きはできないだろう。医者の無神経な言葉を夫婦で笑い飛ばしてやるつもりで。

　久生をごく普通に育てよう。それが遼子との一致した意見だった。

　当時は不可能に近かった普通学級への進学を喧嘩腰で小学校にかけ合った。

　スイミングスクールにも通わせた。虫が好きだとわかると、大人用の図鑑を買い、本格的な飼育箱を取り寄せた。

　普通に、と言いながら、実際には普通の子ども以上の経験をさせていたと思う。海外も含めて、たくさんの旅行に連れていった。あまりモノを欲しがらない子だったが、欲しいと言うモノは、口では質素倹約を説きながら、そのじつ惜しみなく与えた。本当は遼子も私も、医者の予言に怯えていたからだ。

久生は観覧車が好きだった。一緒に乗ったのは一度きりだったから、たぶん、と言い添えなくてはならないだろうが。養護学校の六年生の時だ。窓に顔を張りつけた久生は、興奮に頬を染めて言った。

「ぼく、空を飛んでるんだね」

それまでにも久生は、何度か飛行機に乗っていた。飛行機のおもちゃが好きで、スケッチブックにもよく絵を描いていた。将来の夢を誰かに聞かれると「パイロット」と自信満々に答えて、相手の笑顔を曇らせたりしていた。

だから、飛行機の窓側のシートが取れた時には、いつも窓の前に座らせた。だが、久生はエンジン音や時おりの揺れに怯えて、いくら気を引いても外を見ようとはしなかった。

音も揺れもない観覧車の空の旅は気に入ったようだった。今度はもっと大きな観覧車に乗ろう、私は久生とそんな約束をした。福岡と横浜にまもなく直径百メートルを超える巨大観覧車が誕生することは、観光業者のはしくれとして知っていた。

その頃は、世間のいたるところで、あらゆるものが、大きさや、見栄えや、高価さを競い合っていた。一枚のひまわりの絵が五十数億で取引され、ロックフェラーセンターが日本人のものとなり、世界中のロールスロイスの三分の一が日本の道路を走っていた。いつかは幕が下りる一時《ひととき》の狂宴と知りつつ、誰もが舞台から降りようとはせず、スポットライトの輪の中へ潜りこもうとする。そんな時代だった。

約束は果たせなかった。

医者の不吉な予言は、残念ながら当たってしまった。想像以上に早く。

久生は、十三歳で死んだ。

もし、もう一度、久生に会えたら、私は聞いてみたかった。

たった十三年間だったが、お前は幸せだったのか、お前を産むと私たちが決めたことは、間違っていなかったのか、と。

このスパリゾートに、アミューズメントパークを併設する計画は、バブル景気の始まりの頃に立案された。

当時の多くの建設計画がそうだったように、時代の熱に浮かされ、プロジェクトは不必要に肥大した。当初、私は懐疑的だったのだが、結局ゴーサインを出した。それどころか、目玉のないアトラクションに、観覧車を加えたらどうかという提案までした。

会社の経営に関して、些細《ささい》な見込み違いぐらいはあったにせよ、就任以来、常にコインの表を出し続けていた私は、初めて裏を出した。

オープンした年の入場者数は、設定した予想を上まわった。市場ではとっくにバブルが崩壊していたが、人々がまだ終焉を信じていない時期だったのだ。

だが、翌年には半減し、それ以降も常に前年を下回り続けた。自治体との共同出資だったために、独断で閉鎖することもできなかった。役人は赤字を恐れない。恐れるのは失敗の前例をつくることだけだ。

景気の破裂は、本業のホテル経営にも翳《かげ》を落とした。アミューズメントパークの赤字を補塡する必要もあって、業績不振に陥っていた高原ホテルを閉鎖したとたん、銀行が手のひらを返した。

父ほどの聞き上手ではなかったのかもしれない。私は、父が半生をかけて築いたホテルチェーンを、半生で潰してしまった。会社は辛うじて存続しているが、残されているのは、創業時からの小さなホテルと、このスパリゾートだけ。遊園地も今月いっぱいで閉園する。

同じ場所に座り続けていても、頂点から降下していくと、風景が変わる。この観覧車の場合、林立するスポークに隠れていた牧場が眼下に見えてくる。羊や子牛やポニーがいる来園者のための小さな牧場《まきば》だ。

牧草が風に揺れる様子は、夜目には波打つ湖に見えた。細く長く伸びた光の糸は、牧場を貫いて走るミニSLのレールだ。ゴンドラがもう一段下がると、今度はティーポットを模したメリーゴーランドの屋根と、ボールプールに飛びこめる滑り台が見えてくる。

大規模な遊園地ではないが、入場料は安く、メンテナンスは行き届いていて、それなりのポリシーもあった。ゲームコーナーを設置しようという意見は、プレゼンテーションを聞き、報告書を読んだ末に却下した。来てくれた人々の満足度は高かったと思いたい。

この遊園地のポリシーは「どんな子どもでも、楽しく安全に遊べる場所」だった。誰にも話したことはないが、その子どものリストのいちばん最初は、久生だ。

誰にでも、死者とつかのま出会える瞬間がある。私はそう信じている。おそらく、その瞬間は人それぞれに違い、いつ、どこで訪れるのかがわからないために、たいていの人間が見逃しているだけなのだ。

私の場合、場所は観覧車だ。条件は月が出ていること。

妄想だと笑われればそれまでだ。確かにかつて見た母親の姿は、恐怖に駆られ混乱した幼い頭に白昼夢が忍び寄っただけかもしれないし、父親の姿は、酒が見せた幻覚だったようにも思える。

それならそれで構わなかった。すべてがただの幻影であるのなら、自分を幻を見やすい体にすること、それがもうひとつの条件だ。だから私はいま、錠剤のモルヒネを服用している。合法的な麻薬。咽頭癌の除痛薬だ。

二年前、喉に癌が見つかった。医者には反対されたが、手術ではなく投薬治療を選択した。この遊園地の事業売却が完了するまでは、私は社長の座にとどまるつもりで、そのために声は失いたくなかったからだ。病状は良好とは言いがたいが、幸いいまのところ余命の宣告はない。

「売却先と話をする前に、視察をしておきたい」佐久間に方便を口にして、ここへ来る前、いつもの倍の量の薬を飲んできた。痛みはいつものことだ。今夜が特別酷かったわけでもない。飲んだのは、幻影でもいいから、死者に会うためだ。

ゴンドラは刻々と高度を下げていく。満月はあいかわらず正面にあり、光ともいえない光を室内に投げかけ、向かい側の空っぽのままの座席に暗い影をつくっている。

もう残された時間は、あまり多くない。私は下降を続けるゴンドラが、いまどのあたりにあるのかと、眼下に目を向けた。

そして、気づいた。

窓の外に、久生がいた。

ひとつ下、三時の角度まで下がったゴンドラの屋根の上だ。小さな体を丸めてうずくまり、不安そうに下を眺めている。中学部の入学式の時に着た、紺のブレザーの裾が風にはためいていた。

体を動かすことが得意な子じゃない。危ない、落ちるぞ。声をあげそうになった瞬間、久生は水泳の飛びこみのように宙へ身を躍らせた。今度こそ、声をあげた。

久生の体は斜めに落下していった。だが、すぐに水平になった。そして上昇しはじめた。

元のゴンドラの高さを超え、私の視線の位置までくると、スイミングスクールでは最後までそれしかできなかったバタ足で、宙を泳ぎはじめた。巣立ったばかりの雛《ひな》のように不器用だったが、久生は空を飛んでいた。

こちらに見せた横顔は、笑っていた。親馬鹿と笑われても、これだけは断言できる。とびきりの笑顔をつくることに関しては、久生は他《よそ》のどんな子にも負けたことがない。

よく見るとブレザーの背中には羽が生えていた。鳥の羽根じゃない。久生が大好きだったギンヤンマの羽だ。月の光に照らされたそれは、黄金色に光っていた。

本物のトンボのように空中で停止したかと思うと、水に慣れたように速度を上げた。

久生は、一瞬だけ月にその影を横切らせて、墨色の夜空のどこかへ消えていった。

それは長い長い時間に思えたが、時計の針にしたら、ほんの数秒の出来事だったかもしれない。私は遼子に声をかけた。

「いま、久生がそこにいたよ」

少しの間のあと、返事とともに、遼子の息が頬に吹きかかった。

「うん、よかった、元気そうで」

二人で見たのだ。間違いはない。久生はいま空を飛んでいる。

地表が迫ってきた。

「あっという間ねぇ」

遼子が、ため息とも感嘆とも聞こえる声を漏らした。

「でも、楽しかった」

私は声の方向に振り返った。

かたわらの座席には、月の光がゴンドラの窓枠の薄い影を伸ばしているだけだった。

遼子が逝《い》ったのは、四年前。癌だとわかった時には、もう末期になっていた。その頃の私は、崩壊しつつある会社を少しでも上向かせるために、若い頃以上に働き詰めだった。私が六十五になり、彼女が六十を過ぎたら引退し、この街を離れて、抜け目ない観光業者でも見逃すほどの辺鄙な場所に小さな家を持ってのんびりと暮す。その約束を何年も反故《ほご》にし続けて。

強がりばかり言う遼子の体調の異変に気づき、医者に行くように忠告するのは長年、私の役目だったはずなのに。自分が同じ病気になったのは、その罰だと私は思っている。

亡くなる直前の数日は、ずっとベッドに寄り添っていたのだが、佐久間に仮眠を勧められて、ロビーの長椅子でうたた寝をしているあいだに、容体が急変した。意識が混濁した遼子は、人工呼吸器の中で何かを口にしようとしていた。だが、もう聞き取ることはできなかった。

声だけで会いにくるなんて、つれないじゃないか。抗癌剤の副作用で、六十の声を聞いても白髪のないことが自慢だった髪がすっかり抜けてしまったことを気にしているのだろうか。それとも肝心な時に、ふらりと消えてしまう私を、昔みたいに怒っているのだろうか。

空っぽの席に手を伸ばした。目には見えないが、そこにあるかもしれない遼子の手を握りしめるために。指先が硬い椅子の感触に触れただけだった。それでも私は、ついいましがたまで遼子がそこにいたことを確信した。椅子は温かかった。月の光が温めたような、ほんのかすかなぬくもりだったが。

私の法則は間違ってはいなかった。月のある空へ、一人きりで乗った観覧車で駆け上がれば、地上では会えない人々に会える。モルヒネで麻痺した頭の中で、私はゴンドラの空席をひとつずつ埋めていった。

向かいの席、私の正面に父。その隣には母。二人が顔を寄せて微笑みかわしている姿を、私は初めて見た。

私の横には遼子。お気に入りのニット帽子をかぶった横顔は、やはり少し怒っているふうに見えた。だが、問題はない。金婚式まであと少しの年月を過ごしてきたいまも、私たちは諍《いさか》いを翌日に持ち越すことはないのだ。

遼子の膝の上には、飛行機の玩具《おもちゃ》を手にした久生。同年代の子よりずっと体が小さいとはいいえ、もう十三歳なのに、幼い子どものように母親に体を預けている。

観覧車は回り続ける。ひとつのゴンドラが下がるたびに、別のゴンドラが昇って、少しずつ。ゆっくりとだが止まることなく。

いま私はどのあたりだろう。もうあと少しで終わる観覧車の中で私は思う。人生に二周目があればいいのに、と。手術を受けてみようか、ふと、そう思った。

地上へ戻る前にもう一度、空を眺めた。

月はきっかり十五分間ぶんだけ位置を変えて、夜空に浮かんでいた。

きれいな月だ。

たぶんいままで見たなかで、いちばんの。

解説

大矢博子

人は生まれてからしばらくは、未来を見て進む。子どもの頃は早く大きくなりたくて、十代の頃は将来の夢を描き、二十代では人生の目標を定め始める。未来はどこまでも果てしなく、限りなく広がっていた。二十年後、三十年後を夢想した若き日々。

けれどいつからか、「先」の方が短くなる。ある年齢を超えると、二十年後や三十年後が自分にあるのかどうか、それまで生きているかを考えてしまうようになる。

それは、悲しい。それは、寂しい。

だからそれに気付いたとき、人は回れ右をするのだと思う。進行方向は変えられないけれど、せめて「先」の限りが目に入らないように、後ろを向くのだと思う。そのとき「先」の代わりに目に入るのは、これまで自分が辿《たど》ってきた過去だ。

年を重ねると昔が懐《なつ》かしくなったり、やたらと昔のことを思い出したりするのは、そういう理由からなのではないか――と、私は考えている。

本書『月の上の観覧車』は、著者の短編集としては（連作も含めると）五作目に当たる。

一九九七年に『オロロ畑でつかまえて』（集英社文庫）でデビューしてから、一風変わったキャッチーな設定と、読み出したら止まらないストーリーテリングで多くのファンを獲得してきた。

今、設定、という言葉を使った。

荻原浩の魅力のひとつは、設定作りの巧さにある。これまでの作品から幾つか拾ってみても、潰《つぶ》れそうな広告代理店と村おこしの組合わせに始まり、レンタル家族派遣業、顧客クレーム窓口担当社員、現代の若者と戦時中の若者の入れ替わり、フィリップ・マーロウかぶれのペット探偵、殺し屋が副業の主婦、座敷わらしなどなど、キーワードを見るだけで「面白そう、どんな話だろう」と思わせるものばかりだ。

だが、それを期待して本書を手に取った読者は——もしかしたら最初は首を傾《かし》げるかもしれない。けれど次第に座りなおし、物語の中に引き込まれていくだろう。ここにあるのは「設定」ではない。著者はここで真正面から、どこにでもいる「人」とその「人生」を描いている。そして——「時」を。

本書に収録されている八作品のうち、四十代以上の主人公が六作品を占める。中にはさらに上の世代もいる。冒頭の比喩《ひゆ》で言えば、進行方向を見つめる時代を過ぎ、回れ右をした世代だ。残る二作品も、主人公が深く関わる登場人物が老齢である。

　そんな彼らが、自分の人生を振り返る。これが本書の核だ。

「トンネル鏡」では、東京で家庭を構えた男性が、紆余《うよ》曲折を経てひとりで故郷に帰る、その列車の中でこれまでの人生を思い返す。

「上海租界《そかい》の魔術師」の主人公は少女だが、ここで語られるのは若き頃に上海でマジシャンをやっていた彼女の祖父の人生。

「レシピ」は主婦の物語。定年退職する夫の帰宅を待ちながら、自分のレシピノートを見てこれまでの恋を思い出す。

「金魚」では、妻を亡《な》くして鬱《うつ》状態になった男性が、たまたま手に入れた金魚を通して、在りし日の妻との日々を回想する。

「チョコチップミントをダブルで」は、離婚して妻に引き取られた娘と、年に一度だけ会う男の話だ。どうしてこうなってしまったのか、彼は自分のこれまでを振り返る。

「ゴミ屋敷モノクローム」では、市民からゴミ屋敷をなんとかして欲しいと言われて出かけた若い公務員が、そこに住む老婆《ろうば》の思い出に触れる。

「胡瓜《きゅうり》の馬」で主人公が回想するのは、故郷にいた頃に恋人として付き合っていた幼なじみの女の子のこと。

そして表題作「月の上の観覧車」は、老境の男性が夜の観覧車に乗って、自分の人生をゆっくりとなぞる物語だ。

どれも、ある人物の半生が、あるいは一生が、静かに語られる。読者は本書で、八つの他者の人生を追体験することになる。奇を衒《てら》うような設定は、ない。けれど身近にありそうな人生だからこそ、読者は自分を重ねずにはいられないのである。

これらの物語には共通する大きなモチーフがある。それは「喪失」だ。

本書に登場する人生の回想には、そのすべてに死や別れが登場する。大事な人の死、大事な人との別れ。そして主人公は考えるのだ。自分の選択は正しかったのか、あのとき他の道をとっていれば別れはなかったのではないか——と。(「レシピ」だけはやや違った味を持っているのだが、それについては後述)

たとえば表題作の主人公は「人生に二周目があればいいのに」と思う。「胡瓜の馬」の主人公は「もし携帯電話があれば、僕と沙那《さな》の関係は違ったものになっていたかもしれない」と考える。確かにそうかもしれない。けれど、二周目はないし、携帯電話の発明を早まらせることもできない。そんなことは本人もわかっている。

妻や娘と別れることになった「チョコチップミントをダブルで」の主人公は、妻の出産に立ち会えなかった日のことを思い出し、「あの日に時計の針を戻せたら」と考える。

しかし続けてこうも思う。「巻き戻すべき時計の針はひとつではなく、数え切れないほど存在するだろう」

皆、愚痴ってはみるけれど、戻れないことは百も承知。どれもそのときはそれがいいと思って選んだことだったり、他にやりようがなかったことだったりするのだから。

しかも「時代」がその選択を後押しした。

バブル絶頂期に証券マンとして過ごした「トンネル鏡」の主人公。戦争で運命が変わってしまった「上海租界の魔術師」の老マジシャンと、孫娘。映画監督の夢をあきらめ家業を継いだ「月の上の観覧車」の主人公。

同じ時代を生きた読者は、そこに自分を見る。「トンネル鏡」を読んで、バブルの頃を思い出す人もいるだろうし、「レシピ」の主婦がかつて付き合った、その時代を象徴するような男性たちの中に、若き日の自分の姿を見つけるかもしれない。

悔いている自分の選択。時代に抗《あらが》えなかった喪失の体験。忘れられないこと、思い出したくないこと、でも捨てられないことは、たくさんある。

では、本書が描いているのは「後悔」だけなのだろうか？　答は「否《いな》」だ。

登場人物たちは過去にこだわりつつも、不運を嘆きつつも、今を生きていることに気付かれたい。何があってもまだ人生は続くし、明日は来る。取り戻せないものを心の中に抱えて、ときどきカサブタを剝《は》がしてみて、まだ血が出るのを見て「失った人と今もどこかでつながろうとしている自分」を確認しながら、今日を生き、明日を考えている。彼らは——私たちは、そうして日々を過ごしているのである。

本書に収められているのは、過去を振り返る物語ではない。過去を振り返ることで、取り戻せない喪失を抱えた人々が未来へ向かう物語なのだ。一度しかない未来へ。

それがわかるのが、主婦を主人公にした「レシピ」だ。

これは他の物語と少し毛色が違う。主人公の主婦は自分のレシピノートを眺めながら、そのとき付き合っていた恋人たちを回想する。それぞれとの別れは確かに「喪失」と言えなくもないが、彼女は自分の中ですでにそれらを昇華している。

そして最後に彼女は、自らの決断で潔《いさぎよ》くも清々《すがすが》しい新たな「喪失」を選択するのである。すでに「先」の方が少なくなっている年齢で彼女は前を向く。しかも二十年先、三十年先を考えている！

快哉を叫んだ。

もっとも、ここで快哉を叫ぶのは女性だけかもしれない。男性読者にとっては別の言い分があるだろう。けれどそれは「トンネル鏡」や「チョコチップミントをダブルで」の妻側に言い分があるのと同じだ。つまり他の作品で主人公が経験する喪失を、別の視点から描いたのが「レシピ」なのである。

「レシピ」の主婦は、自分のカサブタを栄養に変えて歩き出す。登場人物たちのその後はわからない。けれど「トンネル鏡」の主人公には新たな職場で頑張って欲しいと思うし、「金魚」の主人公の心の状態が上向けばいいなと思う。「上海租界の魔術師」の少女には、そんな祖父がいたことを自慢に思って生きていって欲しいし、「レシピ」の主婦にはエールを送りたい。

本書が、思うようにいかなかった過去を振り返り「喪失」を再確認するという切ない物語でありながら、どれも最後にはどこか希望の欠片を感じるのは、実は本書が未来に向かって開かれていることの証拠なのである。

（平成二十六年一月、文芸評論家）

この作品は平成二十三年五月新潮社より刊行された。

月《つき》の上《うえ》の観覧車《かんらんしゃ》

新潮文庫　　お－65－7

平成二十六年三月一日発行
平成二十九年六月五日十一刷

著者　荻《おぎ》原《わら》浩《ひろし》

発行者　佐藤隆信

発行所　株式会社　新潮社

郵便番号　一六二—八七一一
東京都新宿区矢来町七一
電話　編集部（〇三）三二六六—五四四〇
　　　読者係（〇三）三二六六—五一一一
http://www.shinchosha.co.jp

価格はカバーに表示してあります。

乱丁・落丁本は、ご面倒ですが小社読者係宛ご送付ください。送料小社負担にてお取替えいたします。

印刷・二光印刷株式会社　製本・加藤製本株式会社

ISBN978-4-10-123037-5 C0193